W9-BUR-332

EN LA ARDIENTE
OSCURIDAD

LITERATURA

ESPASA CALPE

ANTONIO BUERO VALLEJO

EN LA ARDIENTE OSCURIDAD

Edición
Mariano de Paco

COLECCIÓN AUSTRAL

ESPASA CALPE

Primera edición: 2-X-1972
Duodécima edición: 12-VIII-1991

© *Antonio Buero Vallejo*

© *De esta edición: Espasa-Calpe, S. A.*
—

Maqueta de cubierta: Enric Satué
—

Depósito legal: M. 25.758—1991

ISBN 84—239—1924—2

Impreso en España
Printed in Spain

Talleres gráficos de la Editorial Espasa-Calpe, S. A.
Carretera de Irún, km. 12,200. 28049 Madrid

ÍNDICE

INTRODUCCIÓN

A mis padres.
A María.

LOS INICIOS DEL TEATRO BUERIANO

Cuando Antonio Buero Vallejo abandona la cárcel en 1946, después de haber permanecido en distintas prisiones durante más de seis años, acusado de «adhesión a la rebelión» por su pertenencia al bando de los vencidos, intenta volver a la pintura, su temprana vocación. Pero ha transcurrido mucho tiempo sin el ejercicio necesario y advierte que «la pintura ya no me atrapaba, después de tantos años de no practicarla a fondo» [1], a pesar de que aún le sirve para cubrir, con los ingresos que con ella obtiene, algunas necesidades menores.

En los años de reclusión había realizado Buero múltiples dibujos (entre ellos, el célebre retrato de Miguel Her-

---

[1] Mariano de Paco, «Buero Vallejo y el teatro» (entrevista), en AA.VV., *Antonio Buero Vallejo. Premio «Miguel de Cervantes» 1986*, Barcelona, Anthropos-Ministerio de Cultura, 1987, pág. 58.

nández, hecho en la prisión de Conde de Toreno en 1940)
y escrito «bastantes cosas» sobre pintura. Poco después
de encontrarse en libertad comienza su actividad literaria. La ceguera y su valor simbólico constituían una anti-
gua preocupación suya y este tema se le presenta también
en la conversación con un amigo cuyo hermano se educa-
ba en un colegio para ciegos [2]. Piensa entonces en escribir una novela, «pero al esbozar un concreto plan
narrativo diose cuenta de que la contextura del asunto y
de los conflictos en que se traducía resultaba mucho más
propicia para el teatro que para la novela» [3]. El teatro,
afición arraigada desde la infancia junto con la de la pintura [4], se había impuesto [5], quizá por un «destino personal» de cuya existencia decía años después el dramaturgo
no estar muy seguro [6].

---

[2] Antonio Buero Vallejo, «Comentario» a *En la ardiente oscuridad,*
Madrid, Alfil, Colección Teatro, 3, 1951, pág. 86. En «Hablando con
Buero Vallejo», en *Sirio,* núm. 2, abril de 1962, pág. 4, afirmó: «[El
tema de los ciegos] siempre me interesó, en la vida y en el arte. Me ha
captado, desde Tiresias y Edipo. Quizá, como quise ser pintor, me acon-
gojó especialmente la idea de la falta de vista. Hace muchos años, cuando
era un muchacho, intenté escribir un cuento acerca de un pintor que,
perdida la visión, siguió pintando. Luego, el tema me ha seguido por
sus implicaciones filosóficas y humanas.»

[3] Carlos Fernández Cuenca, «En sólo una semana escribió Buero Vallejo la primera versión de *En la ardiente oscuridad*», en *Correo Litera-
rio,* 69, abril de 1953, pág. 12.

[4] Véase Mariano de Paco, «Buero Vallejo y el teatro», *ob. cit.,* páginas 47-48.

[5] Interesante recuerdo de su rara dedicación a la narrativa es *Diana,*
«cuentecillo» escrito hacia 1948 «para uno de los privadísimos concursos celebrados en la inolvidable tertulia del Café Lisboa». Fue publica-
do por vez primera en el *Homenaje a Gonzalo Torrente Ballester*
(Salamanca, Caja de Ahorros y Monte de Piedad, 1981) e incluido después en *Marginalia* (Madrid, Club Internacional del Libro, 1984) junto
a la mayor parte de los poemas de Buero Vallejo.

[6] Antonio Buero Vallejo, «El teatro de Buero Vallejo visto por Buero
Vallejo», en *Primer Acto,* 1 de abril de 1957, págs. 4-5. A las pregun-

La primera obra dramática de Buero Vallejo fue, pues, EN LA ARDIENTE OSCURIDAD, redactada en una semana del mes de agosto de 1946. Pasados unos días, la leyó a algunos miembros de su tertulia del Café Lisboa, a los que satisfizo más que al propio autor, que, en 1950, la sometió a una cuidadosa revisión anterior a su estreno [7]. A continuación escribe *Historia despiadada* (también tuvo el título de *Victorina*), que no ha dado a conocer, e *Historia de una escalera* (cuyo título inicial, *La escalera,* hubo de modificar al advertir que coincidía con el de una obra de Eusebio García Luengo). *Otro juicio de Salomón,* de 1948, ha seguido la misma suerte que *Historia despiadada.* Igualmente «olvidado» quedó el proyecto de *Nos están mirando,* del que Buero escribió un primer acto en 1948 ó 1949. En él, según nos ha manifestado el autor, «pretendía desnudar poco a poco el escenario bajo una vaga sensación de ser mirados por ojos insospechables, hasta que al final los personajes descubrían que era el público quien los miraba y los juzgaba» [8].

De 1948 es *Las palabras en la arena,* única pieza bueriana en un acto, premiada en la tertulia del Café Lisboa y, más tarde, por la Asociación de Amigos de los Quin-

---

tas de Salvador Pániker (*Conversaciones en Madrid,* Barcelona, Kairós, 1970, pág. 178), sobre su elección del teatro como medio de expresión, respondía Buero: «No sabría racionalizarlo. En principio se es escritor; luego viene la especialización. Yo nací bastante especializado. Esquematizando, podría decirse que cuando un escritor ve la vida formada por "situaciones" es un dramaturgo.»

[7] Véase Antonio Buero Vallejo, «Comentario» a *En la ardiente oscuridad,* cit., pág. 85.

[8] Carta particular de Antonio Buero Vallejo, 1 de octubre de 1973. *Historia despiadada, Otro juicio de Salomón* y el único acto de *Nos están mirando* han sido «definitivamente desechados» por el autor (carta particular, 3 de noviembre de 1989).

tero [9]. En el año siguiente Buero escribió *El terror inmó-vil,* que ha permanecido inédita durante treinta años [10], y *Aventura en lo gris,* de la que se conocen sus dos redac-ciones [11].

Mientras tanto, para atender a sus menesteres vitales, Antonio Buero Vallejo se dedica a otras ocupaciones: «Fui un aspirante a forzado editorial, como suele ocurrir con muchos jóvenes de los que se creen con algún talento. El forzado editorial es un bicho bastante conocido, que se caracteriza por pasarse la vida trabajando en el Ateneo para cobrar por tres o cuatro meses de labor erudita unas mil pesetas o muy poco más. Pero no me quejo, porque se trata de algo que incluso hacen alguna que otra vez ilus-tres figuras de las letras españolas, cargadas de laureles. Es una realidad de la vida literaria, de la que no son di-rectamente responsables ni los autores ni los editores» [12]. Así compuso un estudio crítico-biográfico sobre Gustavo Doré para el *Viaje por España,* de Charles Davillier, con ilustraciones de Doré, que publicó la Editorial Castilla.

A finales de 1948, el Ayuntamiento de Madrid convocó el Premio Lope de Vega, interrumpido desde antes de la

---

[9] La Asociación seleccionó tres obras, que se representaron en el Tea-tro Español (19 de diciembre de 1949), y el público otorgó el premio primero a *Las palabras en la arena.*

[10] El segundo acto se publicó, con el subtítulo «Fragmentos de una tragedia irrepresentable», en el número 100, colectivo y conmemorati-vo, de la Colección Teatro, Madrid, Alfil, 1954. La obra completa, con Nota preliminar de Buero Vallejo e Introducción y notas de Mariano de Paco, en Cuadernos de la Cátedra de Teatro, Murcia, Universidad, 1979.

[11] La primera versión apareció en la revista *Teatro* (núm. 10, enero-febrero-marzo de 1954) y en la Colección Escena (Madrid, Puerta del Sol, 1955). Desde el estreno, en 1963, se ha venido publicando la se-gunda.

[12] Carlos Fernández Cuenca, entrevista citada, pág. 12.

guerra civil. Buero se presentó a él con EN LA ARDIEN-
TE OSCURIDAD y con *Historia de una escalera,* enviándo-
las con apariencias distintas: «Copié —dice— una de ellas
en holandesas y la otra en folios para despistar a los posi-
bles perdigueros de semejanzas, y no las entregué en días
diferentes por pura indolencia» [13]. Ambas resultaron fi-
nalistas y el premio recayó en *Historia de una escalera,*
que se estrenó en el Teatro Español de Madrid el 14 de
octubre de 1949, con inesperado éxito [14], lo que hizo que
la obra se mantuviese en cartel hasta enero del siguiente
año, suspendiéndose por vez primera la representación
anual de *Don Juan Tenorio.* La crítica periodística supo
ya apreciar la profunda novedad de la pieza, y la perspectiva otorgada por el tiempo ha permitido destacar su valor de cambio y de renovación en la escena española de
posguerra.

EN LA ARDIENTE OSCURIDAD ha sido siempre obra pre-
ferida del autor por encima de *Historia de una escalera*,
como en el mismo «Comentario» señaló. Muchos años después insistía en esa opinión: «Cuando estrené EN LA AR-
DIENTE OSCURIDAD sostuve contra viento y marea, aunque algo resignado porque no se me escuchaba demasiado, que la línea que proponía esta obra era mejor que la
de *Historia de una escalera,* que gran parte de la crítica
y de la juventud más progresiva de entonces entendió que
era mi vía buena. A mí me parece que el paso del tiempo
ha venido a darme en este sentido la razón, y que EN LA

---

[13] «¿Cómo recibió su premio? Antonio Buero Vallejo, "el Lope de
Vega 1949" por *Historia de una escalera»*, en *Índice,* 50, 15 de abril
de 1952.

[14] Buero lo ha recordado recientemente en la entrevista de José Luis
Vicente Mosquete «Antonio Buero Vallejo, sonrisas y lágrimas», en *Cuadernos El Público,* abril de 1986, pág. 15.

ARDIENTE OSCURIDAD era una obra, por decirlo así, más cargada de futuro, teatralmente hablando» [15]. Y en una entrevista más reciente precisaba que EN LA ARDIENTE OS-CURIDAD «era el embrión de todo mi teatro», ya que «en las etapas posteriores de mi labor, ésta parece haberse ido desarrollando más en la línea de EN LA ARDIENTE OSCU-RIDAD que en la de *Historia de una escalera,* aunque ésta haya reaparecido en parte en obras posteriores» [16].

No cabe duda de que EN LA ARDIENTE OSCURIDAD e *Historia de una escalera* pueden considerarse como raíz del teatro de su autor, no sólo por su prioridad cronoló-gica, sino, lo que es más importante, porque en ellas se advierten las más notables preocupaciones temáticas y for-males de la dramaturgia bueriana y sus principales direc-ciones. Con ellas se da el primer paso para lograr ese «tea-tro diferente, ambicioso y responsable» [17] que Buero se plantea desde sus comienzos. Ambas se enfrentan, de modo complementario, a la sociedad en la que el autor vivía, y en una y otra los aspectos reales y simbólicos están indisolublemente imbricados dentro de una personal cos-movisión trágica.

Desde EN LA ARDIENTE OSCURIDAD hasta *Música cer-cana,* Antonio Buero Vallejo se ha propuesto llevar a cabo un teatro trágico. Su más decidido intento al determi-narse a la creación dramática es el de hacer llegar a la escena un género que refleje los más hondos anhelos e in-quietudes del ser humano. En «un panorama español

---

[15] Diego Galán y Fernando Lara, «Buero Vallejo: ¿Un "tigre domes-ticado"?», en *18 españoles de posguerra,* Barcelona, Planeta, 1973, pá-gina 240.

[16] Perfecto Esteban Cuadrado, «Entrevista a Buero Vallejo», en *Adhuc,* 1, 1979, pág. 24.

[17] Mariano de Paco, «Buero Vallejo y el teatro», cit., pág. 58.

soberanamente dificultoso» [18], la tragedia es un arriesgado y necesario modo de expresión teatral, puesto que «la tragedia no sólo puede llegar a promover depuraciones catárticas, que por serlo son ya transformadoras, sino además una crítica inquietante, una ruptura en el sistema de opiniones que hombres y sociedades se forjan para permanecer tranquilos» [19].

LA CEGUERA, TEMA Y SÍMBOLO

Con EN LA ARDIENTE OSCURIDAD inicia Buero uno de sus grandes temas: el de la ceguera. El drama se desarrolla en un colegio para ciegos de nacimiento. Cuando Ignacio llega a él, se vive allí en una ingenua y despreocupada felicidad, sustentada precisamente en rehuir la deficiencia que a todos aqueja, en soslayar el problema haciendo como si en realidad no existiese. Ignacio no puede comprender, y menos aceptar, su «seguridad» y su «alegría» falsas y se niega a abandonar el bastón, signo escénico de la consciente aceptación de la ceguera y disonante instrumento en ese utópico paraíso de los «invidentes» que dirige don Pablo, otro ciego que le parece «un hombre absurdamente feliz».

La oposición entre la postura del recién venido y la de Carlos, el mejor alumno y el más conspicuo representante de la «moral de acero» que el centro impone con su «pedagogía», no tarda en manifestarse. Ante ello, todos intentan introducir a Ignacio dentro del sistema del colegio por medio de fáciles y superficiales soluciones. Pero

[18] Antonio Buero Vallejo, «De mi teatro», en *Romanistisches Jahrbuch,* 30, 1979, pág. 218.

[19] Antonio Buero Vallejo, «Sobre la tragedia», en *Entretiens sur les Lettres et les Arts,* XXII, 1983, pág. 55.

Ignacio se rebela ante esa situación que tiene a unos y a otros «envenenados de alegría». Por las súplicas de Juana, novia de Carlos, accede a quedarse en el internado, no sin antes expresar que la contienda llegará pronto porque no está dispuesto a abandonar su voluntad de ver: «¡Sí! ¡Ver! ¡Aunque sé que es imposible!, ¡ver! Aunque en este deseo se consuma estérilmente mi vida entera, ¡quiero ver! No puedo conformarme. No debemos conformarnos. ¡Y menos, sonreír! Y resignarse con vuestra estúpida alegría de ciegos, ¡nunca!» Es el momento final del primer acto, en el que Ignacio consigue una significativa victoria cuando Carlos busca a Juana, la llama y ella no contesta, con lo que éste «pierde su instintiva seguridad; se siente extrañamente solo. Ciego».

La transformación del centro se presenta de inmediato. Simbólicamente, en el acto segundo el frondoso follaje que proporcionaba al ambiente «una gozosa claridad submarina» se ha convertido en el puro esqueleto de las ramas y el suelo se encuentra cubierto de hojas secas. Ignacio ha ido ganando adeptos que se aproximan a sus ideas, entre ellos Juana y Miguelín, con lo que se rompen las dos parejas de novios (quizá la más notable muestra del poder que adquiere Ignacio), y el espectador se identifica progresivamente con él. Su actitud negativa de no admitir la ilusión de normalidad es tan solo el paso inicial para luchar a partir de la consciencia. En la base de la irreconciliable contraposición entre Carlos e Ignacio se encuentra la «mentira» sobre la que el centro se funda y que éste no quiere aceptar.

Junto a las razones especulativas y junto a los principios existen también motivos vitales en el comportamiento de Ignacio. Enamorado de Juana, desea y procura que se convierta en compañera de anhelos y de vida: «¡Me quieres con mi angustia y mi tristeza, para sufrir conmigo de cara a la verdad y de espaldas a todas las mentiras que pretenden enmascarar nuestra desgracia!» Con ello une su búsqueda de autenticidad con el amor a una ciega verdadera, que representa «un valor distinto»: el de la vida [20].

La situación del colegio se agrava peligrosamente, la inseguridad de los alumnos aumenta y cunde la desmoralización (el debilitamiento de la «moral de acero»). El director pide a Carlos que convenza a Ignacio de que se marche, con palabras que se teñirán más tarde de un trágico sentido irónico. Trágicamente irónicas fueron también las frases del mismo don Pablo al asegurar al padre de Ignacio que nada podría ocurrir a éste al dejarse resbalar por el tobogán, a pesar de su altura.

De este tobogán se supone que ha caído Ignacio, cuando, en realidad, Carlos le ha dado muerte. Doña Pepita, la esposa del director, lo observa y calla [21]. De poco, pues, le sirve la vista, como no les aprovecha a quienes no quieren ver. La verdad oficial, con su interesada complicidad, es que «Ignacio se ha matado», y se piensa que quizás haya sido mejor para él, porque «no estaba hecho para la vida», y que la normalidad volverá, después de esa muerte, al colegio. Hay, sin embargo, un rotundo cambio de perspectiva al repetir Carlos, inmediatamente antes de caer el telón, unas palabras pronunciadas por Ignacio: «... Y ahora están brillando las estrellas con todo

---

[20] Ángeles Soler Guillén, «La victoria de lo imposible», en *Sirio,* núm. 2, abril 1962, págs. 18-19.

[21] Luis Iglesias Feijoo *(La trayectoria dramática de Antonio Buero Vallejo,* Santiago de Compostela, Universidad, 1982, pág. 82) afirma que la presencia de doña Pepita, ajena a todo nivel simbólico, se justifica por necesidades de la acción, ya que es «el único medio de que el espectador sepa sin lugar a dudas que Ignacio ha sido muerto por Carlos».

su esplendor, y los videntes gozan de su presencia maravillosa. Esos mundos lejanísimos están ahí, tras los cristales... ¡Al alcance de nuestra vista!..., si la tuviéramos...» [22].

En *Historia de una escalera,* Fernando y Carmina hijos dicen en la escena final unas frases de sus padres al confesarse, como ellos hicieran, su amor. También en EN LA ARDIENTE OSCURIDAD el recuerdo de palabras anteriores señala el verdadero significado del drama. Estamos ante un procedimiento similar con un valor distinto. Allí se dejaba totalmente en manos del espectador el juzgar el sentido de la repetición. Ahora se percibe con claridad que Carlos se identifica con los pensamientos de su adversario, se «impregna» de sus «imposibles» deseos y aspiraciones (justo al revés de lo que doña Pepita, como los demás, pretendía: «La cuestión se reduce a impregnar a ese Ignacio, en el plazo más breve, de nuestra famosa moral de acero.»)

En este sentido, todo vuelve a comenzar, ahora sin Ignacio, pero con su doctrina fructificada. El mensaje de quien tenía para Elisa una apariencia de «Cristo martirizado» ha producido, tras la muerte, los mejores resultados. Ello nos lleva a advertir la dimensión simbólica del drama, que excede con toda evidencia la de los sucesos concretos que en él tienen lugar para entrar en un segundo nivel más fecundo por su alcance.

Buero Vallejo señalaba, en la «Autocrítica» de EN LA ARDIENTE OSCURIDAD, que no pretendía en esa «sombría»

---

[22] En «Ibsen y Ehrlich» (*Informaciones,* 4 de abril de 1953, pág. 10), refiriéndose Buero Vallejo a las acusaciones que contra Ibsen se produjeron por *Espectros,* comenta que «nada tiene de extraño, pues toda palabra de valor y de verdad suele correr entre los hombres igual suerte inicial, y la misma palabra de Cristo no se libró de ello». Sin embargo, *Espectros* abrió su camino y «la verdad se abrirá camino».

pieza un reflejo de «un extenso sector de nuestros semejantes que puede, con mucha razón aparente, encontrarse
en ella inhábil e indebidamente retratado»: «No es a ellos,
en realidad, a quienes intenté retratar, sino a todos nosotros» [23]. No impidió este cauteloso aviso que algunos ciegos se quejasen [24], lo que dio lugar a una respuesta del
autor en la que insistía en el valor simbólico de sus personajes, al tiempo que precisaba que no creía una equivoca-
ción el referirse a ciegos de nacimiento [25]. En diversas
ocasiones se le ha reprochado desde entonces el «error» de
atribuir a un ciego de nacimiento la angustia de la luz, lo
que proviene de juzgar la obra desde presupuestos distintos a aquellos con los que se concibió. En el «Comentario» se reafirmaba Buero en la elección de un ciego de
nacimiento como sujeto de las ambiciones de Ignacio y con-
sideraba este punto «columna vertebral de la obra» [26].

Parece incontestable la licitud de utilizar simbólicamente a esos personajes (o a otros cualesquiera), pero creo conveniente recordar, además, las palabras de un profundo
conocedor del teatro de Buero, y también de la realidad
de la cuestión por su condición de ciego, Enrique Pajón
Mecloy, que no ve en ello inverosimilitud alguna: «Se trata
de algo inaccesible, pero cuyos efectos se están compro-
bando constantemente en los demás, de algo que está pro-
duciendo una limitación en las posibilidades físicas y en el
conocimiento. Sobre todo, esta limitación en el conoci-

---

[23] *ABC,* 1 de diciembre de 1950, pág. 31.

[24] Véase F. de Castro Arduengo, «Los ciegos protestan del drama que
se representa en el teatro María Guerrero», en *Pueblo,* 9 de diciembre
de 1950.

[25] Antonio Buero Vallejo, «No intento ningún parecido de fondo con
los ciegos auténticos», en *Pueblo,* 12 de diciembre de 1950, pág. 7.

[26] Antonio Buero Vallejo, «Comentario» a *En la ardiente oscuridad,*
cit., pág. 88.

miento origina una sensación de angustia, de carácter creciente a medida que es mayor el grado de cultura de los
ciegos que lo son de nacimiento, o que, al menos, no recuerdan la visión» [27].

El símbolo de la ceguera alude a las deficiencias de los
seres humanos en general. «La ceguera es una limitación
del hombre» [28], y la luz y la oscuridad representan simbólicamente la verdad o su carencia [29]. Los ciegos y los sor-
dos que encontramos en las obras de Buero Vallejo nos
están hablando de «la constitutiva limitación de nuestra
realidad en tanto que hombres» y, al tiempo, de la necesidad «de vivir como problema nuestra limitación», según apuntó Pedro Laín Entralgo [30].

Buero ha utilizado reiteradamente este símbolo, que en-
laza directamente con el mito de Tiresias, el ciego adivino
que, privado de la visión física, es capaz de «ver» lo que
los seres dotados de ella no alcanzan a percibir [31]. Como
apreció Jean-Paul Borel, la mayor parte de los lisiados de

[27] Enrique Pajón Mecloy, «¿Ciegos o símbolos?», en *Sirio,* núm. 2,
abril de 1962, pág. 14. Reproducido en Mariano de Paco, ed., *Estudios
sobre Buero Vallejo,* Murcia, Universidad, 1984, págs. 239-245.

[28] Antonio Buero Vallejo, «La ceguera en mi teatro», en *La Carreta,* núm. 12, septiembre de 1963, pág. 5.

[29] Véase Martha T. Halsey, «"Light" and "Darkness" as dramatic
symbols in two tragedies of Buero Vallejo», en *Hispania,* L, 1, marzo
de 1967, págs. 63-68; y «Reality versus illusion: Ibsen's *The Wild Duck*
and Buero Vallejo's *En la ardiente oscuridad*», en *Contemporary Lite-
rature,* XI (1970), págs. 48-57. Sobre la relación de *En la ardiente oscuridad* con el simbolismo de Ibsen, puede verse también Robert L.
Nicholas, *The Tragic Stages of Antonio Buero Vallejo,* Valencia, Estudios de Hispanófila, University of North Carolina, 1972, págs. 30-33.

[30] Pedro Laín Entralgo, «La vida humana en el teatro de Buero Vallejo», en AA.VV., *Antonio Buero Vallejo. Premio Miguel de Cervantes [1986],* Madrid, Biblioteca Nacional, 1987, págs. 22-23.

[31] Véase Luis Iglesias Feijoo, *La trayectoria dramática de Antonio
Buero Vallejo, ob. cit.,* págs. 77 y sigs.

Buero, de los personajes que sufren alguna grave carencia (ceguera, sordera, locura...) poseen una especie de «se-
gunda vista» o de «sexto sentido» [32] que profundiza en lo
esencial, dejando de lado las apariencias comunes.

SUEÑOS Y ACCIÓN

Ignacio es, en efecto, alguien que ve de otro modo la
realidad. Al afirmarse como ciego entre aquellos que, con
idénticas carencias, se autodeterminan «invidentes», está
mostrando una más cabal comprensión de lo real y se con-
figura como un personaje trágico que pretende a toda costa ser fiel a la verdad. El conocimiento de su condición
es lo que le permite la persecución de lo imposible y lo
lleva a despreciar la resignación. En su ardiente oscuridad (ceguera externa mientras está «ardiendo por dentro;
ardiendo con un fuego terrible») emprende una mesiánica lucha («yo os voy a traer guerra y no paz») [33] contra
quienes propugnan una «ceguera tranquila».

---

[32] Jean-Paul Borel, «Buero Vallejo ¿vidente o ciego?», en Antonio
Buero Vallejo, *El concierto de San Ovidio,* Barcelona, Aymá, 1962, pá-
gina 10. No olvidemos, sin embargo, que estas deficiencias tienen a veces
un valor diferente, como en el caso de quienes se refugian en ellas de modo
evasivo (abuela de *La doble historia del doctor Valmy* o Tomás en *La
Fundación*) o de aquellos que las reciben como un castigo (pérdida de
la capacidad creativa en *La señal que se espera* o alucinaciones del protagonista en *Lázaro en el laberinto*). En algún caso la limitación posee
una funcionalidad múltiple en el mismo personaje, como ocurre con Julio
en *Llegada de los dioses.*

[33] David Johnston, en su Introducción a Antonio Buero Vallejo, *El
concierto de San Ovidio,* Marid, Espasa-Calpe, Colección Austral, 1989,
págs. 38-39, señala que en el último nivel de significado de la «parábo-
la» que es *El concierto de San Ovidio,* «la vida de David asume cierto
paralelismo con la de Cristo» y piensa que «en términos amplios, David
evoca el espíritu de la declaración mesiánica de Ignacio, en *En la ar-*

Personaje de raigambre unamuniana [34], Ignacio encarna frente a Carlos la dialéctica relación entre el *soñador* y el *hombre de acción,* que significan modos distintos y complementarios de actuación individual y que, con distintas peculiaridades, aparecen en muchas obras dramáticas de Buero Vallejo. Carlos afirma: «Sabéis que soy un hombre práctico»; Ignacio está poseído por «la esperanza de la luz». La actitud de Carlos es básicamente inauténtica, mientras que Ignacio es el personaje más puro de la obra; pero ni aquél contiene toda la maldad ni éste representa el bien sin resquicio alguno. Para conseguirlo se precisa la integración de *sueños* y *acción,* que no suele presentarse en el teatro como tampoco es frecuente en la vida. Porque «es constante humana mezclar de forma inseparable la lucha por los ideales con la lucha por nuestros egoísmos; a veces sólo luchamos por éstos cuando decimos o creemos combatir por aquéllos. Tan intrincada es esta mezcla entre nuestro barro y nuestro espíritu, que la costumbre de separarlos en el teatro sólo conduce, por lo común, a la creación de comedias convencionales» [35].

---

diente oscuridad, de que quiere "traer guerra, y no paz"». Recordemos a este propósito la cita evangélica que figura al frente de *En la ardiente oscuridad:* «Y la luz en las tinieblas resplandece; mas las tinieblas no la comprendieron», que tanto puede aplicarse a Cristo como a Ignacio o a David.

[34] La relación entre la obra de Buero y la de Unamuno ha sido repetidas veces comentada por la crítica. Es conocido, por otra parte, que Buero considera a Miguel de Unamuno como uno de sus más grandes maestros (véase «Antonio Buero Vallejo habla de Unamuno», *Primer Acto,* 58, noviembre de 1964, pág. 19). *En la ardiente oscuridad,* con *El tragaluz,* es el drama en el que más se advierte tal conexión. Pueden verse Luis Iglesias Feijoo, *La trayectoria dramática de Antonio Buero Vallejo,* cit., págs. 59 y sigs., e Ida Molina, «Truth versus Myth in *En la ardiente oscuridad* and in *San Manuel Bueno mártir*», en *Hispanófila,* 52 (1974), págs. 45-49.

[35] Antonio Buero Vallejo, «Comentario» a *En la ardiente oscuridad,* cit., págs. 91-92.

En ocasiones, sin embargo, Buero crea algunos personajes femeninos que simbolizan un equilibrio. Mayor perfección se da en otros que no aparecen físicamente en escena y quedan como un ideal al que aspirar. Es lo que ocurre con Ferrer Díaz en *Las cartas boca abajo,* con Eugenio Beltrán en *El tragaluz,* con Fermín en *Jueces en la noche* y con Silvia en *Lázaro en el laberinto.* EN LA ARDIENTE OSCURIDAD ofrece otro modelo de conciliación, puesto que al concluir el drama Carlos repite, según he anticipado, las palabras de Ignacio, y queda vivificado con las ideas del que fue su oponente. Carlos, como le dice doña Pepita momentos antes, «no ha vencido». Ignacio ha muerto. Si éste paga con ello sus «errores o excesos», Carlos paga por los suyos transmitiendo el mensaje de aquél, en una especie de prometedora y esperanzadora superación del mito cainita [36].

Los dramas históricos permitirán a Buero introducir la perspectiva temporal, que nos hace ver que el mundo y la organización de la sociedad no son inmutables y que en la actualidad es posible lo que en otro tiempo no lo era, gracias también a acciones personales. Pero antes de llegar a esa consideración histórica, cabe observar en EN LA ARDIENTE OSCURIDAD cómo la actuación de Ignacio ha podido transformar la realidad.

Es el espectador quien ha de advertir la virtualidad de las postreras palabras del drama y él es quien ha de llevar a término la apertura trágica que ese final ofrece. Puesto que «la acción catártica de la tragedia facilita, en cierto modo, que el espectador medite las formas de evitar a tiempo los males que los personajes no acertaron a evitar» [37].

---

[36] Acerca de este mito, *españolizado* por Unamuno y otros autores del 98, véase Ricardo Doménech, *El teatro de Buero Vallejo,* Madrid, Gredos, 1973, págs. 276-282.

[37] Antonio Buero Vallejo, «La juventud española ante la tragedia», en *Yorick,* 12, febrero de 1966, pág. 5.

Un aspecto de singular importancia en la ambivalente personalidad de Ignacio es el de su relación con Juana. La atracción que la novia de Carlos ejerce sobre él es un motivo de lucha, como lo son sus aspiraciones imposibles. No está Ignacio «desprovisto de razones vitales», y esto lo convierte en un ser humano y no en una abstracción idealizada; pero, por eso mismo, se muestra dominado por intereses egoístas que conviven con sus pensamientos desinteresados. Juana, que accede al amor de Ignacio a través de la compasión, vuelve después de su desaparición a Carlos, quizá transformada por su influencia, como Penélope, en *La tejedora de sueños,* tras la muerte de Anfino.

SENTIDO METAFÍSICO Y VALOR SOCIAL

EN LA ARDIENTE OSCURIDAD guarda notoria relación con otro drama de Buero, estrenado doce años más tarde, *El concierto de San Ovidio.* Uno y otro tienen como elemento central el mundo de los ciegos. Tanto Ignacio como David, sus protagonistas respectivos, son rebeldes que se levantan contra una situación injusta que los somete y les impide su realización personal. Entre estas obras existe, sin embargo, una acusada diferencia, que Enrique Pajón puso de manifiesto en un conocido artículo: EN LA ARDIENTE OSCURIDAD plasmaba simbólicamente a sus personajes ciegos, puesto que en ella se hablaba «a cada hombre como tal de la ceguera en que se halla sumido, de la limitación que le envuelve», mientras que en *El concierto de San Ovidio* se habla «a la sociedad entera, y los ciegos están tomados a modo de ejemplo de la opresión del débil por el fuerte» [38].

---

[38] Enrique Pajón Mecloy, «De símbolos a ejemplos», en *Sirio,* núm. 9, enero de 1963, pág. 11.

No mucho después, escribía el propio Buero Vallejo: «De los dos polos de toda dramaturgia completa, el que podríamos llamar polo filosófico, o acaso metafísico, y el que podríamos llamar polo social, mi primera obra de ciegos se inclina con preferencia hacia el primero y esta última hacia el segundo»[39]. Como he ido apuntando, la consideración metafísica es esencial en EN LA ARDIENTE OSCURIDAD[40]. Ignacio quiere la autenticidad, pretende la libertad, desea superar el engaño y el falso bienestar, lograr lo imposible. Carlos lo llama «mesiánico desequilibrado» y lo acusa de querer morir, y él responde que «quizá la muerte sea la única forma de conseguir la definitiva visión». Representa Ignacio al ser humano que persigue una existencia «auténtica» y se debate entre la angustia y la esperanza, entendidas como acentuación o pérdida de relieve de sus posibilidades de superación de los propios límites. «La rebelión de esta tragedia es más ontológica que práctica»[41], efectivamente, sobre todo si la ponemos en relación con *El concierto de San Ovidio*.

Cabe recordar en este momento que en varias ocasiones se ha hablado del existencialismo de Buero, en el que tendría principal papel EN LA ARDIENTE OSCURIDAD. Francesco Vian se refirió a ello tempranamente[42] y señalaba que en esta obra podía advertirse algún eco de cierta

---

[39] Antonio Buero Vallejo, «La ceguera en mi teatro», cit., pág. 5.

[40] José Luis Abellán («El tema del misterio en Buero Vallejo», en *Ínsula,* 164, mayo de 1961, pág. 15) se refiere a la existencia en el drama de una «realidad trascendente» y a las semejanzas con el mito platónico de la caverna. Enrique Pajón («¿Ciegos o símbolos?», cit., pág. 12) afirma que la obra es «el mito de la Caverna de Platón con influencia del agnosticismo kantiano».

[41] Joaquín Verdú de Gregorio, *La luz y la oscuridad en el teatro de Buero Vallejo,* Barcelona, Ariel, 1977, pág. 100.

[42] Francesco Vian, «Il teatro di Buero Vallejo», en *Vita e Pensiero,* marzo de 1952, pág. 169.

dramaturgia última, por ejemplo del Anouilh de *Antígo-
na* y del Sartre de *Huis-clos*. Pero creía que el drama bueriano era más humano y concreto que el teatro existen-
cialista[43]. En una entrevista, de particular interés al respecto, indicaba Buero: «Ello no quiere decir que yo pro-
fese de una manera racional el existencialismo como filo-
sofía. Probablemente no lo profeso. Pero sí encuentro que
cuando me sitúo en el terreno dramático no puedo dejar
de ser, en cierto grado, existencial. [...] El acierto del existencialismo ha sido ése: el revelarnos de nuevo el carácter
radical de la vida humana como conflicto, como angustia, como vivencia, como problema cuyas soluciones no
pueden captarse del todo»[44]. Mencionaba también a
Unamuno como ejemplo de una de las formas de existencialismo que él considera más propias.

Es claro que en la producción bueriana, y de modo particular en EN LA ARDIENTE OSCURIDAD, hay temas y aspectos relacionados con la literatura que puede llamarse
existencial: la búsqueda de la autenticidad y del hombre
concreto; la preocupación por indagar el sentido último
de la existencia; el interés por la libertad, la elección y los
valores éticos; el constante trasfondo metafísico, en especial acerca de las limitaciones humanas y de la temporali-
dad; la atención a las vías no racionales de conocimiento;
o el concepto de problematicidad en la creación literaria.
Más, sin embargo, que de influjos precisos hemos de hablar de tendencias comunes, de lo que Guillermo de To-

---

[43] Rafael Benítez Claros se ocupó de este aspecto, con muy negati-
vos resultados, en sus artículos «Existencialismo en la escena española»,
en *La Estafeta Literaria,* núm. 105, 23 de noviembre de 1957, págs. 8-10,
y «Buero Vallejo y la condición humana», en *Nuestro Tiempo,* núm. 107,
mayo de 1963, págs. 581-593.

[44] Bernard Dulsey, «Entrevista a Buero Vallejo», en *Modern Lan-
guage Journal,* L (1966), pág. 153.

rre ha llamado «el aire del tiempo; la influencia de cierta atmósfera que a todos los espíritus inmersos en ella alcanza»[45] y que en España se percibe en esos años en las distintas manifestaciones literarias.

El significado de EN LA ARDIENTE OSCURIDAD no se agota, no obstante, en su dimensión metafísica. Jean-Paul Borel sugería un importante alcance social: «Hay potencias interesadas en que el hombre se crea feliz. En nuestra sociedad occidental, la ilusión de la felicidad es una de las condiciones del buen funcionamiento de ciertas instituciones y de ciertos tipos de organizaciones económicas y comerciales. Para crear esta ilusión, los que tienen interés en hacerlo hacen a los otros, en efecto, *un poco* felices...»[46]. Ricardo Doménech ha puesto en relación ambos sentidos: «No somos libres y no podemos conocer el misterio que nos rodea, porque, *además,* vivimos en una sociedad organizada desde y para la mentira, una sociedad que se empeña en convencernos de que no somos ciegos, es decir, de que somos libres y felices, cuando en realidad no somos libres y somos desgraciados»[47].

La ilusión de normalidad y de felicidad en el centro es la condición necesaria para su buen funcionamiento, como lo son para el de la sociedad las compensaciones y los sustitutivos que hacen desconocer u olvidar la verdadera

---

[45] Guillermo de Torre, *Ultraísmo, Existencialismo y Objetivismo en Literatura,* Madrid, Guadarrama, 1968, pág. 186. En carta particular (1 de octubre de 1973) nos indicó Buero: «Cuando yo escribía mis primeras obras aún no tenía noticia directa del existencialismo francés; recuerdo que me interesó el tema en los vagos comentarios de prensa que me llegaban por parecerme cercano a las preocupaciones que, por ejemplo, me habían llevado a escribir *En la ardiente oscuridad.*»

[46] Juan-Paul Borel, *El teatro de lo imposible,* Madrid, Guadarrama, 1966, pág. 240.

[47] Ricardo Doménech, Introducción a Antonio Buero Vallejo, *El concierto de San Ovidio. El tragaluz,* Madrid, Castalia, 1971, págs. 20-21.

realidad. Recordemos la función lenitiva de la «pedagogía» —que más tarde se empleará en *Mito* en una situación dramática equivalente— o la finalidad que persigue
el convencimiento de que es precisa una «moral de acero». En este sentido, si *Historia de una escalera* reflejaba
ciertas vivencias autobiográficas, no se hallan éstas ausen-
tes de EN LA ARDIENTE OSCURIDAD [48].

Al escribir este drama en 1946, Antonio Buero Vallejo,
recién salido de la prisión, se encuentra con una sociedad,
la de la posguerra española, en absurda y completa tranquilidad. Los que se han beneficiado, los que no quieren
complicaciones, los que tienen miedo, están interesados
en que nada se remueva y todo siga igual. Se esfuerzan
en creer, como cree Tomás en la primera parte de *La Fundación,* que «es hermoso vivir aquí. Siempre habíamos so-
ñado con un mundo como el que al fin tenemos». Los que
no piensan de ese modo pueden estar próximos a la posterior tentación de Asel: «Hace tiempo que me pregunto
si no somos nosotros los dementes... Si no será preferible
hojear bellos libros, oír bellas músicas, ver por todos los
lados televisores, neveras, coches, cigarrillos... Si Tomás
no fingía, su mundo era verdadero para él, y mucho más
grato que este horror donde nos empeñamos en que él también viva. Si la vida es siempre tan corta y tan pobre, y
él la enriquecía así, quizá no hay otra riqueza y los locos
somos nosotros por no imitarle...» Buero, justamente por
sus dolorosas experiencias anteriores, no olvida la ge-

---

[48] «En *El sueño de la razón,* en *Las Meninas,* en *El tragaluz,* en *En
la ardiente oscuridad,* e incluso en *El concierto de San Ovidio* se utiliza
material personal», respondía Buero a Luis Jiménez Martos («Buero Vallejo entre la tragedia y la esperanza», en *Reseña,* núm. 77, julio-agosto
de 1974, págs. 3-4). En la citada entrevista de Carlos Fernández Cuenca
afirma el autor de *En la ardiente oscuridad:* «Escribirla fue para mí hacer mi propio descubrimiento.»

nuina naturaleza de esa sociedad: «Cuando has estado en la cárcel acabas por comprender que, vayas donde vayas, estás en la cárcel.» Pero Asel sabe también que «la verdad te espera en todas».

La verdad está oculta en el colegio de invidentes, como lo está en la corte de *Las Meninas,* en la Fundación que es una cárcel o en la que Alfredo pretende crear en *Música cercana,* sistemas todos de enmascaramiento que los personajes, y, en último término, los espectadores, han de descubrir. Deben desvelar éstos las Fundaciones en las que diariamente se desenvuelven, porque las «prisiones» llegan a estar tan llenas de comodidades que dan la sensación de ser «la libertad misma» [49]. El autor ha resumido en esa tarea su empeño constante en la creación teatral: «Desde EN LA ARDIENTE OSCURIDAD hasta *La Fundación,* estoy intentando, tal vez quijotescamente, enfrentarme con mis Instituciones, con mis Fundaciones, que son también las de todos...» [50].

PREOCUPACIONES FORMALES

Buero Vallejo construye sus primeras obras, hasta *Un soñador para un pueblo,* de acuerdo con unas estructuras teatrales de carácter realista, según el modelo ibseniano,

---

[49] Véase Mariano de Paco, «*La Fundación* en el teatro de Antonio Buero Vallejo», en *La Estafeta Literaria,* núm. 560, 15 de marzo de 1975, págs. 6-8. También, Carmen Díaz Castañón, «De la Residencia a la Fundación», en *Nueva Conciencia,* núm. 9, 1974 (reproducido en *Estudios sobre Buero Vallejo,* cit., pág. 263-277).

[50] AA.VV., *Teatro español actual,* Madrid, Fundación Juan March/Cátedra, 1977, pág. 81.

tal como he comentado en otra ocasión [51]. Este *realismo* posee, sin embargo, una notable riqueza de elementos simbólicos. Del mismo modo, al tiempo que esas piezas de la que puede llamarse su primera época tienen una sencilla configuración externa —y este es el caso de EN LA ARDIENTE OSCURIDAD—, suelen reflejar también las preocupaciones de técnica dramática que han caracterizado siempre a su autor. En la «Autocrítica» de *Historia de una escalera* lo resumía con atinada precisión: «Pretendí hacer una comedia en la que lo ambicioso del propósito estético se articule en formas teatrales susceptibles de ser recibidas con agrado por el gran público» [52]. La elección de la escalera como único lugar de la acción constituía, sin duda, una dificultad constructiva considerable junto con un espacio pleno de posibilidades simbólicas.

EN LA ARDIENTE OSCURIDAD encierra una breve escena que constituye el primero de los que Ricardo Doménech llamó «efectos de inmersión» [53]. En el «Comentario», al referirse Buero a las modificaciones que la pieza sufrió en su segunda redacción, indica: «Añadí algún efecto esencial, como el de la interiorización del espectador en la at-

[51] Véase la Introducción a Antonio Buero Vallejo, *Lázaro en el laberinto* (Madrid, Espasa-Calpe, Colección Austral, núm. 29, 1987), en la que llevé a cabo un resumen de la «trayectoria teatral de Buero Vallejo» en el que me ocupé sucintamente de esta y de otras cuestiones de carácter general.

[52] *ABC,* 14 de octubre de 1949, pág. 19.

[53] Ricardo Doménech, *El teatro de Buero Vallejo,* cit., pág. 49. De interés al respecto son los artículos de Victor Dixon: «The ''immersion-effect'' in the plays of Antonio Buero Vallejo», en James Redmond, ed., *Themes in Drama, II, Drama and Mimesis,* Cambridge University Press, 1980 (reproducido en *Estudios sobre Buero Vallejo,* cit., páginas 159-183), y «Los efectos de inmersión en el teatro de Antonio Buero Vallejo; una puesta al día», en *Anthropos,* núm. 79, diciembre de 1987, págs. 31-36.

mósfera del drama por medio del lento apagón del tercer acto.» Mientras Ignacio habla a Carlos de la ceguera que padecen, la luz del escenario se va extinguiendo y todo el teatro llega a estar en completa oscuridad durante unos instantes. El efecto de luz está perfectamente conectado con sus palabras:

> Yo sé que los videntes tratan a veces de imaginarse nuestra desgracia, y para ello cierran los ojos. *(La luz del escenario empieza a bajar.)* Entonces se estremecen de horror. Alguno de ellos enloqueció, creyéndose ciego..., porque no abrieron a tiempo la ventana de su cuarto. *(El escenario está oscuro. Sólo las estrellas brillan en la ventana.)* ¡Pues en ese horror y en esa locura estamos sumidos nosotros!... ¡Sin saber lo que es! *(Las estrellas comienzan a apagarse.)* Y por eso es para mí doblemente espantoso. *(Oscuridad absoluta en el escenario y en el teatro.)* Nuestras voces se cruzan... en la tiniebla. [...] Yo he sentido cómo los videntes se alegran cuando vuelve la luz por la mañana. *(Las estrellas comienzan a lucir de nuevo, al tiempo que empieza a iluminarse otra vez el escenario.)* Van identificando los objetos, gozándose en sus formas y sus... colores. ¡Se saturan de la alegría de la luz, que es para ellos como un verdadero don de Dios! Un don tan grande, que se ingeniaron para producirlo de noche. Pero para nosotros todo es igual. La luz puede volver; puede ir sacando de la oscuridad las formas y los colores; puede dar a las cosas su plenitud de existencia. *(La luz del escenario y de las estrellas ha vuelto del todo.)* ¡Incluso a las lejanas estrellas! ¡Es igual! Nada vemos.

No suponía una novedad absoluta el recurso de apagar todas las luces del teatro, pero sí lo era en cuanto pretendía no una ocultación del espacio escénico sino la integración en las sensaciones y en la actitud vital de los personajes por medio de lo que Buero ha llamado *participa-*

ción psíquica, que es para él un medio preferible al de la participación física [54]. Los efectos identificadores facilitan la implicación del espectador en los acontecimientos que tienen lugar en la escena. En este caso el público se siente ciego con los protagonistas, siquiera sea a su pesar.

En obras de esos mismos años —alucinaciones de Víctor en *El terror inmóvil,* sueño colectivo de *Aventura en lo gris—* y en otras posteriores —visiones de la protagonista en *Irene o el tesoro,* apagón de *El concierto de San Ovidio,* por ejemplo—, Buero ha seguido empleando estos *efectos* que en obras más recientes —*El sueño de la razón, Llegada de los dioses, La Fundación, La detonación...*— han dado lugar a una visión subjetiva en la que se impone al espectador «el punto de vista de un personaje sobre todo lo demás» [55].

CRÍTICAS SOBRE EL ESTRENO
DE EN LA ARDIENTE OSCURIDAD

EN LA ARDIENTE OSCURIDAD, estrenada en el Teatro María Guerrero de Madrid el 1 de diciembre de 1950, tuvo buena acogida crítica, aunque no tan clamorosa como la de *Historia de una escalera.* Quienes escribían en la prensa madrileña atinaron en general al juzgar el drama y al valorar la capacidad del autor, si bien no faltaron voces disonantes. Recojo algunos significativos fragmentos que creo que no requieren un comentario especial.

----

[54] Buero Vallejo ha expresado estas ideas en distintas ocasiones. Véase «Problemas del teatro actual», en *Boletín de la Sociedad General de Autores de España,* abril-mayo-junio de 1970, págs. 31-36; y «De mi teatro», cit., págs. 220-222.

[55] Luis Iglesias Feijoo, «El último teatro de Buero Vallejo», en Mariano de Paco, ed., *Buero Vallejo (Cuarenta años de Teatro),* Murcia, CajaMurcia, 1988, pág. 111.

Alfredo Marqueríe (*ABC*, 2 de diciembre de 1950) resaltaba la valentía y el acierto del autor al enfrentarse con la tragedia: «Buero Vallejo entra de lleno, y pisando recio y firmemente, en el campo difícil de la tragedia, en el coto que parecía —ignoramos por qué— vedado a las plumas de la mayoría de nuestros ingenios contemporáneos.» Y apuntaba con acierto algunos aspectos particulares, por ejemplo, al referirse a «la especial condición moral y física de los personajes, privados de la vista, y, quizá por eso mismo, aguzados en su sensibilidad y en el resto de sus sentidos».

Igualmente, Manuel Díez Crespo (*Arriba,* 2 de diciembre de 1950) captaba con lucidez el sentido de la obra: «Tan difícil tema es llevado con maestría por Buero Vallejo. Los tres actos tienen armonía y seguridad en su desarrollo. El vocabulario es justo, preciso; las situaciones, marcadas sin trucos vulgares. Se percibe el aleteo de las almas alucinadas, inquietas o inconscientes. Sobresale el drama del personaje central y su golpe triste sobre los personajes, en quienes se adivina el signo de un futuro drama. Drama, porque ya saben que existen; porque ya comienzan a conocer, y porque, en definitiva, el asombro les va a hacer infelices entre la vida, el remordimiento y la esperanza.»

El drama representaba un paso adelante que el público supo advertir, en opinión de Cristóbal de Castro (*Madrid,* 2 de diciembre de 1950): «Buero Vallejo da un avance extraordinario de la casa de vecindad en la "Escalera" al asilo de ciegos de EN LA ARDIENTE OSCURIDAD. El público camina en pos, convicto por las emociones del drama, confeso por la vibración de los aplausos.»

Enrique Llovet (*El Alcázar,* 2 de diciembre de 1950) destacó los notables valores literarios del autor por encima de los específicamente teatrales: «Nos interesa más "lo que

dice" y "lo que replica" Ignacio, que aquello otro que
les sucede. Por eso, la muerte de Ignacio, su presencia si-
lenciosa, enfría ligeramente la situación, contra toda ló-
gica teatral. Es que no nos importa su aventura humana
más que como agresor dialéctico, como campeón de una
postura que, ésa sí, es una auténtica y terrible tragedia.
Estos valores coloquiales, servidos por un diálogo enérgi-
co, vivo e implacable, triunfaron anoche plenamente. Como "dialoguista", el señor Buero Vallejo "dice" lo que
quiere con precisión y admirable justeza.»

Mientras que Eduardo Haro Tecglen (*Informaciones,*
2 de diciembre de 1950) erraba en alguna apreciación básica —negaba, por ejemplo, que Buero pretendiese algún
simbolismo—, no dudó en señalar la fuerza renovadora
de una obra que creía «trascendental, si no definitivamente
perfecta», y situaba a «don Antonio Buero Vallejo entre
los primeros de los autores españoles modernos».

Los más graves reparos correspondían a aspectos del
argumento, considerado por algunos sombrío, pesimista
y, en suma, negativo. Fernando Castán Palomar (*Díga-
me,* 5 de diciembre de 1950), que afirmaba que Buero «en
esta producción acredita una admirable maestría para
componer obras escénicas», llegó a la conclusión de que
«el victorioso es el criminal. Así se proclama, al cabo de
retorcer mucho las cosas y de una enrevesada dialéctica
que no se sabe si va en busca de la injustificable justifica-
ción o si pretende establecer cierto confusionismo que
amuelle esa inadmisible síntesis terminal».

Ponía especial énfasis Jorge de la Cueva (*Ya,* 2 de
diciembre de 1950) en señalar que en el drama todo es
amargura y tristeza y que faltan «la resignación, la fe, la
confianza en Dios, la esperanza de una recompensa...»,
si bien reconocía que «la obra está sólida y teatralmente
conseguida; el diálogo es limpio, entonado y expresivo».

Finalmente, José Antonio Medrano (*Juventud,* 14 de diciembre de 1950) veía en EN LA ARDIENTE OSCURIDAD una tesis carente «del menor sentido ético, cívico y religioso, de ese sentido que, gracias a Dios, forma parte heroica, básica e inalienable de la manera de ser española».

EN LA ARDIENTE OSCURIDAD, primer drama de Antonio Buero Vallejo, es también pieza fundamental de su producción teatral. Con *Historia de una escalera* señala las vías por donde caminará su dramaturgia. De ahí la particular significación de ambas obras, principio de temas y formas desarrolladas durante cuarenta años en casi una treintena de obras. En la evidencia de una identidad básica y de un progreso continuado, podemos hablar de la existencia en el teatro bueriano de una constante evolución integradora.

MARIANO DE PACO

BIBLIOGRAFÍA

1. Ediciones en castellano de «En la ardiente oscuridad»

Alfil (Escelicer), Colección Teatro, 3, Madrid, 1951.

En *Teatro Español 1950-51,* Aguilar, Colección Literaria, Madrid, 1952.

Charles Scribner's Sons, Nueva York, 1954, Edición de Samuel A. Wofsy e Introducción de Juan R. Castellano.

En *Teatro I,* Losada, Buenos Aires, 1959 (con *Madrugada, Hoy es fiesta* y *Las cartas boca abajo).*

En *Teatro (Festival de la Literatura Española Contemporánea, IV),* Tawantinsuyu, Lima, 1960.

Magisterio Español, Colección Novelas y Cuentos, 8, Madrid, 1967 (con *Irene o el tesoro).*

En *Teatro Representativo Español* (Libro conmemorativo del Año Internacional del Libro), Escelicer, Madrid, 1972.

Espasa-Calpe, Colección Austral, 1510, Madrid, 1972 (con *Un soñador para un pueblo).*

El drama se ha traducido al inglés, al alemán, al francés, al noruego, al húngaro, al galés, al ruso y al búlgaro.

2.   Estudios acerca del teatro de Buero Vallejo

AA.VV.: *Antonio Buero Vallejo. Premio Miguel de Cervantes [1986],* Madrid, Biblioteca Nacional, 1987, 86 págs.

AA.VV.: *Antonio Buero Vallejo. Premio «Miguel de Cervantes» 1986,* Barcelona, Anthropos-Ministerio de Cultura, 1987, 124 págs.

Anthropos, núm. 79, diciembre de 1987 (monográfico dedicado a Buero).

BEJEL, EMILIO: *Buero Vallejo: lo moral, lo social y lo metafísico,* Montevideo, Instituto de Estudios Superiores, 1972, 164 págs.

CORTINA, JOSÉ RAMÓN: *El arte dramático de Antonio Buero Vallejo,* Madrid, Gredos, 1969, 125 págs.

Cuadernos de Ágora, núms. 79-82, mayo-agosto de 1963 (monográfico dedicado a Buero).

Cuadernos El Público, núm. 13, abril de 1986 (monográfico: *Regreso a Buero Vallejo*).

CUEVAS, CRISTÓBAL, dir.: *El teatro de Buero Vallejo. Texto y espectáculo,* Barcelona, Anthropos, 1990, 398 págs.

DEVOTO, JUAN BAUTISTA: *Antonio Buero Vallejo. Un dramaturgo del moderno teatro español,* Ciudad Eva Perón (B.A.), Elite, 1954, 61 págs.

DOMÉNECH, RICARDO: *El teatro de Buero Vallejo,* Madrid, Gredos, 1973, 371 págs.

DOWD, CATHERINE ELIZABETH: *Realismo trascendente en cuatro tragedias sociales de Antonio Buero Vallejo,* Valencia, Estudios de Hispanófila, University of North Carolina, 1974, 157 págs.

Estreno, V, 1, primavera de 1979 (monográfico dedicado a Buero).

GONZÁLEZ-COBOS DÁVILA, CARMEN: *Antonio Buero Vallejo: el hombre y su obra,* Salamanca, Universidad, 1979, 227 págs.

HALSEY, MARTHA T.: *Antonio Buero Vallejo,* Nueva York, Twayne, 1973, 178 págs.

IGLESIAS FEIJOO, LUIS: *La trayectoria dramática de Antonio Buero Vallejo,* Santiago de Compostela, Universidad, 1982, 540 págs.

MATHIAS, JULIO: *Buero Vallejo,* Madrid, EPESA, 1975, 191 págs.

MÜLLER, RAINER: *Antonio Buero Vallejo. Studien zum Spanischen Nachkriegstheater.* Köln, 1970, 226 págs.

NICHOLAS, ROBERT L.: *The Tragic Stages of Antonio Buero Vallejo,* Valencia, Estudios de Hispanófila, University of North Carolina, 1972, 128 págs.

PACO, MARIANO DE, ed.: *Estudios sobre Buero Vallejo,* Murcia, Universidad, 1984, 377 págs.

PACO, MARIANO DE, ed.: *Buero Vallejo (Cuarenta años de teatro),* Murcia, CajaMurcia, 1988, 138 págs.

PAJÓN MECLOY, ENRIQUE: *Buero Vallejo y el antihéroe. Una crítica de la razón creadora,* Madrid, 1986, 671 págs.

PUENTE SAMANIEGO, PILAR DE LA: *A. Buero Vallejo. Proceso a la historia de España,* Salamanca, Universidad, 1988, 211 págs.

RUGGERI MARCHETTI, MAGDA: *Il teatro di Antonio Buero Vallejo o il processo verso la verità.* Roma, Bulzoni, 1981, 184 págs.

RUPLE, JOELYN: *Antonio Buero Vallejo. The First Fifteen Years,* New York, Eliseo Torres & Sons, 1971, 190 págs.

VERDÚ DE GREGORIO, JOAQUÍN: *La luz y la oscuridad en el teatro de Buero Vallejo,* Barcelona, Ariel, 1977, 274 págs.

3. *Libros que incluyen a Buero*

AMORÓS, ANDRÉS; MAYORAL, MARINA, y NIEVA, FRANCISCO: *Análisis de cinco comedias (Teatro español de la posguerra),* Madrid, Castalia, 1977 (Buero, páginas 96-137).

ARAGONÉS, JUAN EMILIO: *Teatro español de posguerra,* Madrid, Publicaciones Españolas, 1971 (Buero, páginas 19-25).

BOREL, JEAN-PAUL: *El teatro de lo imposible,* Madrid, Guadarrama, 1966 (Buero, págs. 225-278).

EDWARDS, GWYNNE: *Dramaturgos en perspectiva. Teatro español del siglo XX,* Madrid, Gredos, 1989 (Buero, págs. 245-308).

ELIZALDE, IGNACIO: *Temas y tendencias del teatro actual,* Madrid, Cupsa, 1977 (Buero, págs. 166-207).

FERRERAS, JUAN IGNACIO: *El teatro en el siglo XX (desde 1939),* Madrid, Taurus, 1988 (Buero, págs. 60-64 y 110-113).

FORYS, MARSHA: *Antonio Buero Vallejo and Alfonso Sastre. An Annotated Bibliography,* Londres, The Scarecrow Press, Inc., 1988 (Buero, págs. 3-150).

GARCÍA LORENZO, LUCIANO: *Documentos sobre el teatro español contemporáneo,* Madrid, S.G.E.L., 1981 (Buero, págs. 115-126 y 404-405).

GARCÍA LORENZO, LUCIANO: *El teatro español hoy,* Barcelona, Planeta, 1975 (Buero, págs. 120-131).

GARCÍA PAVÓN, FRANCISCO: *El teatro social en España (1895-1962),* Madrid, Taurus, 1962 (Buero, páginas 134-145).

GARCÍA TEMPLADO, JOSÉ: *Literatura de la postguerra: el teatro,* Madrid, Cincel, 1981 (Buero, págs. 39-49).

GIULIANO, WILLIAM: *Buero Vallejo, Sastre y el teatro de su tiempo,* Nueva York, Las Américas, 1971 (Buero, págs. 75-162).

GUERRERO ZAMORA, JUAN: *Historia del teatro contemporáneo,* Barcelona, Juan Flors, 1967 (Buero, vol. IV, págs. 79-92).

HOLT, MARION PETER: *The Contemporary Spanish Theater (1949-1972),* Boston, Twayne, 1975 (Buero, págs. 110-128).

HUERTA CALVO, JAVIER: *El teatro en el siglo XX,* Madrid, Playor, 1985 (Buero, págs. 28-29 y 78-79).

ISASI ANGULO, AMANDO CARLOS: *Diálogos del teatro español de la postguerra,* Madrid, Ayuso, 1974 (Buero, págs. 45-81).

MARQUERÍE, ALFREDO: *Veinte años de teatro en España,* Madrid, Editora Nacional, 1959 (Buero, páginas 177-187).

MEDINA, MIGUEL ÁNGEL: *El teatro español en el banquillo,* Valencia, Fernando Torres, 1976 (Buero, págs. 49-56).

MOLERO MANGLANO, LUIS: *Teatro español contemporáneo,* Madrid, Editora Nacional, 1974 (Buero, páginas 80-97).

OLIVA, CÉSAR: *El teatro desde 1936,* Madrid, Alhambra, 1989 (Buero, págs. 233-262).

PÉREZ MINIK, DOMINGO: *Teatro europeo contemporáneo,* Madrid, Guadarrama, 1961 (Buero, págs. 381-395).

PÉREZ-STANSFIELD, MARÍA PILAR: *Direcciones de Teatro Español de Posguerra,* Madrid, José Porrúa Turanzas, 1983 (Buero, *passim*).

RODRÍGUEZ ALCALDE, LEOPOLDO: *Teatro español contemporáneo,* Madrid, EPESA, 1973 (Buero, páginas 182-187).

RUIZ RAMÓN, FRANCISCO: *Estudios de teatro español clásico y contemporáneo,* Madrid, Fundación Juan March/Cátedra, 1978 (Buero, págs. 176-183, 198-203 y 222-226).

RUIZ RAMÓN, FRANCISCO: *Historia del teatro español. Siglo XX,* Madrid, Cátedra, 1981 [5] (Buero, págs. 337-384).

RUIZ RAMÓN, FRANCISCO: *Celebración y catarsis. (Leer el teatro español),* Murcia, Universidad, Cuadernos de la Cátedra de Teatro, 13, 1988 (Buero, págs. 167-174 y 188-194).

SALVAT, RICARD: *El teatre contemporani,* Barcelona, Edicions 62, 1966 (Buero, vol. II, págs. 227-231).

TORRENTE BALLESTER, GONZALO: *Teatro español contemporáneo,* Madrid, Guadarrama, 1968 [2] (Buero, págs. 390-400 y 588-595).

URBANO, VICTORIA: *El teatro español y sus directrices contemporáneas,* Madrid, Editora Nacional, 1972 (Buero, págs. 195-210).

EN LA ARDIENTE OSCURIDAD

Y la luz en las tinieblas resplandece; mas las tinieblas no la comprendieron.

(JUAN, I, 5.)

La sombra es el nidal íntimo, incandescente,
la visible ceguera puesta sobre quien ama.
Provoca los abrazos íntima, ciegamente, y
recoge en sus cuevas cuanto la luz derrama.

(MIGUEL HERNÁNDEZ: Hijo de la sombra.)

Esta obra se estrenó en Madrid, la noche del 1 de diciembre de 1950, en el Teatro Nacional María Guerrero, con el siguiente
REPARTO

(Por orden de intervención)

ELISA	*Amparo Gómez Ramos.*
ANDRÉS	*Miguel Ángel.*
PEDRO	*F. Pérez Ángel.*
LOLITA	*Berta Riaza.*
ALBERTO	*Manuel Márquez.*
CARLOS	*Adolfo Marsillach.*
JUANA	*Mari Carmen Díaz de Mendoza.*
MIGUELÍN	*Ricardo Lucia.*
ESPERANZA	*Mayra O'Wissiedo.*
IGNACIO	*José María Rodero.*
DON PABLO	*Rafael Alonso.*
EL PADRE	*Gabriel Miranda.*
DOÑA PEPITA	*Pilar Muñoz.*

Derecha e izquierda, las del espectador.

Dirección: LUIS ESCOBAR y HUBERTO PÉREZ DE LA OSSA.
Decorados: FERNANDO RIVERO.
Luminotecnia: M. ROMARATE.

ACTO PRIMERO

Fumadero en un moderno centro de enseñanza: lugar se-
miabierto de tertulia para el buen tiempo. A la izquierda
del foro, portalada que da a la terraza. Al fondo se divisa
la barandilla de ésta, bajo la cual se supone el campo de
deportes. Las ramas de los copudos árboles que en él hay
se abren tras la barandilla, cuajadas de frondoso follaje,
que da al ambiente una gozosa claridad submarina. Sobre una liviana construcción de cemento, enormes cristaleras, tras las que se divisa la terraza, separan a ésta de la
escena, dejando el hueco de la portalada. En el primer término izquierdo hay un veladorcito y varios sillones y sillas. En el centro, cerca del foro, un sofá y dos sillones
alrededor de otro veladorcito. Junto al lateral derecho,
otro velador aislado con un sillón. Ceniceros en los tres
veladores. Las cristaleras doblan y continúan fuera de escena, a la mitad del lateral izquierdo, formando la entra-
da de una galería. En el lateral derecho, una puerta

*(Cómoda y plácidamente sentados, fuman-
do algunos de ellos, vemos allí a ocho jóvenes
estudiantes pulcramente vestidos. No obs-*

tante su aire risueño y atento, hay algo en su aspecto que nos extraña, y una observación más detenida nos permite comprender que todos son ciegos. Algunos llevan gafas negras, para velar, sin duda, un espectáculo demasiado desagradable a los demás; o, tal vez, por simple coquetería. Son ciegos jóvenes y felices, al parecer; tan seguros de sí mismos que, cuando se levantan, caminan con facilidad y se localizan admirablemente, apenas sin vacilaciones o tanteos. La ilusión de normalidad[1] es, con frecuencia, completa, y el espectador acabaría por olvidar la desgracia física que los aqueja si no fuese por un detalle irreductible que a veces se la hace recordar: estas gentes nunca se enfrentan con la cara de su interlocutor.

CARLOS *y* JUANA *ocupan los sillones de la izquierda. Él es un muchacho fuerte y sanguíneo, de agradable y enérgica expresión. Atildado indumento en color claro, cuello duro. Ella es linda y dulce.* ELISA *ocupa el sillón de la derecha. Es una muchacha de físico vulgar y de espíritu abierto, simple y claro. En el sofá están los estudiantes* ANDRÉS, PEDRO *y* ALBERTO, *y en los sillones contiguos, las estudiantes* LOLITA *y* ESPERANZA.*)

ELISA.—*(Impaciente.)* ¿Qué hora es, muchachos? *(Casi*

---

[1]   La «ilusión de normalidad», al igual que la caracterización de los personajes en un ambiente de superficial alegría, crea un clima de felicidad que se romperá con la llegada de Ignacio. Es de suma importancia, en este sentido, lo que ocurre, años más tarde, en *La Fundación.*

todos ríen, expansivos, como si hubiesen estado esperan-do la pregunta.) No sé por qué os reís. ¿Es que no se pue-de preguntar la hora? *(Las risas arrecian.)* Está bien. Me callo.

ANDRÉS.—Hace un rato que dieron las diez y media.

PEDRO.—Y la apertura del curso es a las once.

ELISA.—Yo os preguntaba si habían dado ya los tres cuartos.

LOLITA.—Hace un rato que nos lo has preguntado por tercera vez.

ELISA.—*(Furiosa.)* Pero ¿han dado o no?

ALBERTO.—*(Humorístico.)* ¡Ah! No sabemos...

ELISA.—¡Sois odiosos!

CARLOS.—*(Con ironía.)* Ya está bien. No os metáis con ella. Pobrecilla.

ELISA.—¡Yo no soy pobrecilla!

JUANA.—*(Dulce.)* Todavía no dieron los tres cuartos, Elisa.

> (MIGUELÍN, *un estudiante jovencito y vivaz, que lleva gafas oscuras, porque sabe por ex-periencia que su vivacidad es penosa cuando las personas que ven la contrastan con sus ojos muertos, aparece por la portalada.)*

ANDRÉS.—Tranquilízate. Ya sabes que Miguelín llega siempre a todo con los minutos contados.

ELISA.—¿Y quién pregunta por Miguelín?

MIGUEL.—*(Cómicamente compungido.)* Si nadie pre-gunta por Miguelín, lloraré.

ELISA.—*(Levantándose de golpe.)* ¡Miguelín!

> (Corre a echarse en sus brazos, mientras los demás acogen al recién llegado con cariñosos

saludos. Todos, menos CARLOS *y* JUANA, *se levantan y se acercan para estrechar su mano.)*

ANDRÉS.—¡Caramba, Miguelín!
PEDRO.—¡Ya era hora!
LOLITA.—¡La tenías en un puño!
ESPERANZA.—¿Qué tal te ha ido?
ALBERTO.—¿Cómo estás?

(Sin soltar a ELISA, MIGUELÍN *avanza decidido hacia el sofá.)*

CARLOS.—¿Ya no te acuerdas de los amigos?
MIGUEL.—¡Carlos! *(Se acerca a darle la mano.)* Y Juana al lado, seguro.
JUANA.—Lo has acertado.

(Le da la mano.)

MIGUEL.—*(Volviendo a coger a* ELISA.*)* ¡Huf! Creí que no llegaba a la apertura. Lo he pasado formidable, chicos; formidable. *(Se sienta en el sofá con* ELISA *a su lado.* ANDRÉS *se sienta con ellos. Los demás se sientan también.)* ¡Pero tenía unas ganas de estar con vosotros! Es mucha calle la calle, amigos. Aquí se respira. En cuanto he llegado, ¡zas!, el bastón al conserje. «¿Llego tarde?» «Aún faltan veinte minutos.» «Bien.» Saludos aquí y allá... «¡Miguelín!» «Ya está aquí Miguelín.» Y es que soy muy importante, no cabe duda.

(Risas generales.)

ELISA.—*(Convencida de ello.)* ¡Presumido!

MIGUEL.—Silencio. Se prohíbe interrumpir. Continúo. «Miguelín, ¿a dónde vas?» «Miguelín, en la terraza está Elisa...»

ELISA.—*(Avergonzada, le propina un pellizco.)* ¡Idiota!

MIGUEL.—*(Gritando.)* ¡Ay!... *(Risas.)* Continúo. «¿Que a dónde voy? Con mi peña y a nuestro rincón.» Y aquí me tenéis. *(Suspira.)* Bueno, ¿qué hacemos que no nos vamos al paraninfo?

(Intenta levantarse.)

LOLITA.—No empieces tú ahora. Sobra tiempo.

ANDRÉS.—*(Reteniéndole.)* Cuenta, cuéntanos de tus vacaciones.

ESPERANZA.—*(Batiendo palmas.)* Sí, sí. Cuenta.

ELISA.—*(Muy amoscada, batiendo palmas también.)* Sí, sí. Cuéntaselo a la niña.

ESPERANZA.—*(Desconcertada.)* ¿Eso qué quiere decir?

ELISA.—*(Seca.)* Nada. Que también yo sé batir palmas.

(Los estudiantes ríen.)

ESPERANZA.—*(Molesta.)* ¡Bah!

MIGUEL.—Modérate, Elisa. Los señores quieren que les cuente de mis vacaciones. Pues atended.

(Los chicos se arrellanan, complacidos y dispuestos a oír algo divertido. MIGUELÍN *empieza a reírse con zumba.)*

PEDRO.—¡Empieza de una vez!

MIGUEL.—Atended. *(Riendo.)* Un día cojo mi bastón para salir a la calle, y... *(Se interrumpe. Con tono de sorpresa.)* ¿No oís algo?

ANDRÉS.—¡Sigue y no bromees!

MIGUEL.—¡Si no bromeo! Os digo que oigo algo raro. Oigo un bastón...

LOLITA.—*(Riendo.)* El tuyo, que lo tienes en los oídos todavía.

ELISA.—Continúa, tonto...

ALBERTO.—No bromea, no. Se oye un bastón.

JUANA.—También yo lo oigo.

> *(Todos atienden. Pausa. Por la derecha, tanteando el suelo con su bastón [2] y con una expresión de vago susto, aparece* IGNACIO. *Es un muchacho delgaducho, serio y reconcentrado, con cierto desaliño en su persona: el cuello de la camisa desabrochado, la corbata floja, el cabello peinado con ligereza. Viste de negro, intemporalmente, durante toda la obra [3]. Avanza unos pasos, indeciso, y se detiene.)*

LOLITA.—¡Qué raro!

> *(*IGNACIO *se estremece y retrocede un paso.)*

---

[2] El bastón es el objeto que une a Ignacio con la realidad. Como el de David en *El concierto de San Ovidio,* sirve también de apoyo y defensa.

[3] El desaliño de Ignacio contrasta con los estudiantes «pulcramente vestidos». El atuendo intemporal destaca su propia condición. La caracterización se opone frontalmente a la de Carlos. Véase al respecto J. A. Vallejo-Nágera, «Tipos psicológicos de *En la ardiente oscuridad*», en *Sirio,* núm. 2, abril de 1962, pág. 10.

MIGUEL.—¿Quién eres?

> *(Temeroso,* IGNACIO *se vuelve para salir por donde entró. Después cambia de idea y sigue hacia la izquierda, rápido.)*

ANDRÉS.—¿No contestas?

> *(*IGNACIO *tropieza con el sillón de* JUANA. *Tiende el brazo y ella toma su mano.)*

MIGUEL.—*(Levantándose.)* ¡Espera, hombre! No te marches.

> *(Se acerca a palparle, mientras* JUANA *dice, inquieta:)*

JUANA.—Me ha cogido la mano...[4]. No le conozco.

> *(*IGNACIO *la suelta, y* MIGUELÍN *lo sujeta por un brazo.)*

MIGUEL.—Ni yo.

> *(*ANDRÉS *se levanta y se acerca también para cogerle por el otro brazo.)*

IGNACIO.—*(Con temor.)* Dejadme.
ANDRÉS.—¿Qué buscas aquí?
IGNACIO.—Nada. Dejadme. Yo... soy un pobre ciego.

---

[4]   Juana invierte lo realmente sucedido, con lo que anticipa posteriores cambios respecto a Carlos y a Ignacio.

LOLITA.—*(Riendo.)* Te ha salido un competidor, Miguelín.

ESPERANZA.—¿Un competidor? ¡Un maestro!

ALBERTO.—Debe de ser algún gracioso del primer curso.

MIGUEL.—Dejádmelo a mí. ¿Qué has dicho que eres?

IGNACIO.—*(Asustado.)* Un... ciego.

MIGUEL.—¡Oh, pobrecito, pobrecito! [5]. ¿Quiere que le pase a la otra acera? *(Los demás se desternillan.)* ¡Largo, idiota! Vete a reír de los de tu curso.

ANDRÉS.—Realmente, la broma es de muy mal gusto. Anda, márchate.

> *(Lo empujan. IGNACIO retrocede hacia el proscenio.)*

IGNACIO.—*(Violento, quizás al borde del llanto.)* ¡Os digo que soy ciego!

MIGUEL.—¡Qué bien te has aprendido la palabrita! ¡Largo!

> *(Avanzan hacia él, amenazadores. ALBERTO se levanta también.)*

IGNACIO.—Pero ¿es que no lo veis?

MIGUEL.—¿Cómo?

> *(JUANA y CARLOS, que comentaban en voz baja el incidente, intervienen.)*

---

[5] Miguel emplea en tono irónico el calificativo que después utilizará el padre de Ignacio en sentido recto.

CARLOS.—Creo que estamos cometiendo un error muy grande, amigos. Él dice la verdad. Sentaos otra vez.

MIGUEL.—¡Atiza!

CARLOS.—*(Acercándose con* JUANA *a* IGNACIO.*)* Nosotros también somos... ciegos, como tú dices.

IGNACIO.—¿Vosotros?

JUANA.—Todos lo somos. ¿Es que no sabes dónde estás?

> *(*ELISA *toma del brazo a* MIGUELÍN, *que está desconcertado. Los estudiantes murmuran entre sí.* ANDRÉS *y* PEDRO *vuelven a sentarse. Todos atienden.)*

IGNACIO.—Sí lo sé. Pero no puedo creer que seáis... como yo.

CARLOS.—*(Sonriente.)* ¿Por qué?

IGNACIO.—Andáis con seguridad. Y me habláis... como si me estuvieseis viendo.

CARLOS.—No tardarás tú también en hacerlo. Acabas de venir, ¿verdad?

IGNACIO.—Sí.

CARLOS.—¿Solo?

IGNACIO.—No. Mi padre está en el despacho, con el director.

JUANA.—¿Y te han dejado fuera?

IGNACIO.—El director dijo que saliera sin miedo. Mi padre no quería, pero don Pablo dijo que saliese y que anduviese por el edificio. Dijo que era lo mejor.

CARLOS.—*(Protector.)* Y es lo mejor. No tengas miedo.

IGNACIO.—*(Con orgullo.)* No lo tengo.

CARLOS.—Lo de aquí ha sido un incidente sin importancia. Es que Miguelín es demasiado alocado.

MIGUEL.—Dispensa, chico. Todo fue por causa de don Pablo.

ALBERTO.—*(Riendo.)* La pedagogía [6].

MIGUEL.—Eso. Te ha aplicado la pedagogía desde el primer minuto. Ya tendrás más encuentros con esa señora. No te preocupes.

> *(Se vuelve con* ELISA, *y ambos se sientan en los dos sillones de la izquierda. Se ponen a charlar, muy amartelados.)*

CARLOS.—Por esta vez es bastante. Si quieres te volveremos al despacho.

IGNACIO.—Gracias. Sé ir yo solo. Adiós.

> *(Da unos pasos hacia el foro.)*

CARLOS.—*(Calmoso.)* No, no sabes... Por ahí se va a la salida. *(Le coge afectuosamente [7] del brazo y le hace volver hacia la derecha. Pasivo y con la cabeza baja.* IGNACIO *se deja conducir.)* Espérame aquí, Juana. Vuelvo en seguida.

JUANA.—Sí.

> *(Por la derecha aparecen* EL PADRE DE IGNACIO *y* DON PABLO, *director del centro.* EL

---

[6] A medida que avanza la obra se advierte que, como en *Mito,* la pedagogía representa un método para ocultar la verdad.

[7] La actitud de Carlos con Ignacio es amistosa hasta que descubre que éste representa un peligro real para las ideas que él defiende, ya que se niega a someterse a ellas.

PADRE *entra con ansiosa rapidez, buscando a su hijo. Es un hombre agotado y prematuramente envejecido, que viste con mezquina corrección de empleado. Sonriente y tranquilo, le sigue* DON PABLO, *señor de unos cincuenta años, con las sienes grises, en quien la edad no ha borrado un vago aire de infantil lozanía. Su vestido es serio y elegante. Usa gafas oscuras.)*

EL PADRE.—Aquí está Ignacio.

DON PABLO.—Ya le dije que lo encontraríamos. *(Risueño.)* Y en buena compañía, creo. Buenos días, muchachos.

(A su voz, todos los estudiantes se levantan.)

ESTUDIANTES.—Buenos días, don Pablo.

*(*EL PADRE *se acerca a su hijo y le coge, entre tímido y paternal, por el brazo.* IGNACIO *no se mueve, como si el contacto le disgustase.)*

CARLOS.—Ya hemos hecho conocimiento con Ignacio.

JUANA.—Carlos se lo llevaba ahora a ustedes.

DON PABLO.—*(Al padre.)* Como ve, no le ha pasado nada. El chico ha encontrado en seguida amigos. Y de los buenos; Carlos, que es uno de nuestros mejores alumnos, y Juana.

EL PADRE.—*(Corto.)* Encantado.

JUANA.—El gusto es nuestro.

DON PABLO.—Su hijo se encontrará bien entre nosotros, puede estar seguro. Aquí encontrará alegría, buenos compañeros, juegos...

EL PADRE.—Sí, desde luego. Pero los juegos... ¡Los juegos que he visto son maravillosos, no hay duda! Nunca pude suponer que los ciegos pudiesen jugar al balón. ¡Y menos, deslizarse por un tobogán tan alto! *(Tímido.)* ¿Cree usted que mi Ignacio podrá hacer esas cosas sin peligro? [8]

DON PABLO.—Ignacio hará eso y mucho más. No lo dude.

EL PADRE.—¿No se caerá?

DON PABLO.—¿Acaso se caen los otros?

EL PADRE.—Es que parece imposible que puedan jugar así, sin que haya que lamentar...

DON PABLO.—Ninguna desgracia; no, señor. Esas y otras distracciones llevan ya mucho tiempo entre nosotros.

EL PADRE.—Pero todos estos chicos, ¡pobrecillos!, son ciegos. ¡No ven nada!

DON PABLO.—En cambio, oyen y se orientan mejor que usted. *(Los estudiantes asienten con rumores.)* Por otra parte... *(Irónico.),* no crea que es muy adecuado calificarlos de pobrecillos. ¿No le parece, Andrés?

ANDRÉS.—Usted lo ha dicho.

DON PABLO.—¿Y ustedes, Pedro, Alberto?

ALBERTO.—Todo, menos eso.

LOLITA.—Si usted nos permite, don Pablo...

DON PABLO.—Sí, diga.

LOLITA.—*(Entre risas.)* Nada. Que Esperanza y yo pensamos lo mismo.

EL PADRE.—Perdonen.

---

[8] El padre expresa en su ingenua pregunta, como en posteriores afirmaciones, la ironía trágica que los acontecimientos desvelarán.

DON PABLO.—Perdónenos a nosotros por lo que parece una censura y no es más que una explicación. Los ciegos o, simplemente, los invidentes[9], como nosotros decimos, podemos llegar donde llegue cualquiera. Ocupamos empleos, puestos importantes en el periodismo y en la literatura, cátedras... Somos fuertes, saludables, sociables... Poseemos una moral de acero[10]. Por lo demás, no son éstas conversaciones a las que ellos estén acostumbrados. *(A los demás.)* Creo que los más listos de ustedes podrían ir ya tomando sitio en el paraninfo. Falta poco para las once. *(Risueño.)* Es un aviso leal.

ANDRÉS.—Gracias, don Pablo. Vámonos, muchachos.

(ANDRÉS, PEDRO, ALBERTO y las dos estudiantes desfilan por la izquierda.)

ESTUDIANTES.—Buenos días. Buenos días, don Pablo.

DON PABLO.—Hasta ahora, hijos, hasta ahora.

(Los estudiantes salen. ELISA *trata de imitarlos, pero* MIGUELÍN *tira de su brazo y la obliga a sentarse. Con las manos enlazadas vuelven a engolfarse en su charla.* JUANA *y* CARLOS *permanecen de pie, a la izquierda, atendiendo a* DON PABLO. *Breve pausa.)*

---

[9] La elección de este término en lugar de *ciegos* es signo de la negación a encararse con la propia tragedia, como después señalará Ignacio.

[10] No es censurable que los ciegos intenten desempeñar en la vida funciones equivalentes o idénticas a las de quienes ven. Para conseguirlo, lucha David en *El concierto de San Ovidio.* Lo que a Ignacio le resulta inadmisible es que se prescinda engañosamente de la situación real. La «moral de acero» simboliza la capacidad de olvidar por sistema una carencia que se ha de superar, pero que nunca puede ignorarse.

EL PADRE.—Estoy avergonzado. Yo...

DON PABLO.—No tiene importancia. Usted viene con los prejuicios de las gentes que nos desconocen. Usted, por ejemplo, creerá que nosotros no nos casamos...

EL PADRE.—Nada de eso.. Entre ustedes, naturalmente...

DON PABLO.—No, señor. Los matrimonios entre personas que ven y personas que no ven abundan cada día más. Yo mismo...

EL PADRE.—¿Usted?

DON PABLO.—Sí. Yo soy invidente de nacimiento y estoy casado con una vidente.

IGNACIO.—*(Con lento asombro.)* ¿Una vidente?

EL PADRE.—¿Así nos llaman ustedes?

DON PABLO.—Sí, señor.

EL PADRE.—Perdone, pero... comó nosotros llamamos videntes a los que dicen gozar de doble vista...

DON PABLO.—*(Algo seco.)* Naturalmente. Pero nosotros, forzosamente más modestos, llamamos así a los que tienen, simplemente, vista.

EL PADRE.—*(Que no sabe dónde meterse.)* Dispense una vez más.

DON PABLO.—No hay nada que dispensar. Me encantaría presentarle a mi esposa, pero no ha llegado aún. Ignacio la conocerá de todos modos, porque es mi secretaria.

EL PADRE.—Otro día será. Bien, Ignacio, hijo... Me marcho contento de dejarte en tan buen lugar. No dudo que te agradará vivir aquí. *(Silencio de* IGNACIO. *A* CARLOS *y* JUANA.*)* Y ustedes, se lo ruego: ¡levántenle el ánimo! *(Con inhábil jocosidad.)* Infúndanle esa moral de acero que les caracteriza.

IGNACIO.—*(Disgustado.)* Padre.

EL PADRE.—*(Abrazándole.)* Sí, hijo. De aquí saldrás hecho un hombre...

Don Pablo.—Ya lo creo. Todo un señor licenciado, dentro de pocos años.

> *(La tensión entre padre e hijo se disuelve.* Carlos *interviene, tomando del brazo a* Ignacio.*)*

Carlos.—Si nos lo permiten, nos llevaremos a nuestro amigo.

El padre.—Sí, con mucho gusto. *(Afectado.)* Adiós, Ignacio... Vendré... pronto... a verte.

Ignacio.—*(Indiferente.)* Hasta pronto, padre.

> *(*El padre *está muy afectado; mira a todos con ojos húmedos, que ellos no pueden ver. En sus movimientos muestra múltiples vacilaciones: volver a abrazar a su hijo, despedirse de los dos estudiantes, consultar a* Don Pablo *con una perruna mirada que se pierde en el aire.)*

Don Pablo.—¿Vamos?

El padre.—Sí, sí.

> *(Inician la marcha hacia el foro.)*

Don Pablo.—*(Deteniéndose.)* Acompáñele ahora al paraninfo, Carlos. ¡Ah! Y preséntele a Miguelín, porque van a ser compañeros de habitación.

Carlos.—Descuide, don Pablo.

> *(*Don Pablo *acompaña al* Padre *a la puerta del fondo, por la que salen ambos, mientras le dice una serie de cosas a las que aquél*

*atiende mal, preocupado como está en volver-
se con frecuencia a ver a su hijo, con una expresión cada vez más acongojada. Al fin, desaparecen tras la cristalera, por la derecha.
Entre tanto,* CARLOS, IGNACIO *y* JUANA *se si-
túan en el primer término izquierdo.)*

CARLOS.—¡Lástima que no vinieses antes! ¿Comienzas
ahora la carrera?

IGNACIO.—Sí. El preparatorio.

CARLOS.—Juana y yo te ayudaremos. No repares en
consultarnos cualquier dificultad que encuentres.

JUANA.—Desde luego.

CARLOS.—Bien. Ahora Miguelín te acomodará en
vuestro cuarto. Antes debes aprenderte en seguida el edificio. Escucha: este rincón es nuestra peña, en la que desde ahora quedas admitido. Nada por en medio *(Lo conduce.),* para no tropezar. Le daremos la vuelta, para que
te aprendas los sillones y veladores. *(Los tres están ahora
a la derecha.)* Pero debes abandonar en seguida el bastón. ¡No te hará falta!

JUANA.—*(Tratando de quitárselo.)* Trae. Se lo daremos
al conserje para que lo guarde.

IGNACIO.—*(Que se resiste.)* No, no. Yo... soy algo torpe para andar sin él. Y no os molestéis tampoco en ense-
ñarme el edificio. No lo aprendería.

(Un silencio.)

CARLOS.—Perdona. A tu gusto. Aunque debes inten-
tar vencer rápidamente esa torpeza... ¿No has estudiado
en nuestro colegio elemental?

IGNACIO.—No.

JUANA.—¿No eres de nacimiento? [11]

IGNACIO.—Sí. Pero... mi familia...

CARLOS.—Bien. No te importe. Todos aquí somos de nacimiento y hemos estudiado en nuestros centros, bajo la dirección de don Pablo.

JUANA.—¿Qué te ha parecido don Pablo?

IGNACIO.—Un hombre... absurdamente feliz.

CARLOS.—Como cualquiera que asistiese a la realización de sus mejores sueños de trabajo. Eso no es un absurdo.

JUANA.—Si te oyera doña Pepita...

CARLOS.—Ya conocerás a otros profesores no menos dichosos.

IGNACIO.—¿Ciegos también?

CARLOS.—Se dice invidentes... *(Pausa breve.)* Pues... según. El de Biología es invidente y está casado con la ayudante de Lenguas, que es vidente. También son videntes el de Física, el de...

IGNACIO.—Videntes...

JUANA.—Videntes. ¿Qué tiene de particular?

IGNACIO.—Oye, Carlos, y tú, Juana: ¿acaso es posible el matrimonio entre un ciego y una vidente?

CARLOS.—¿Tan raro te parece?

JUANA.—¡Si hay muchos!

IGNACIO.—¿Y entre un vidente y una ciega? *(Silencio.)* ¿Eh, Carlos? *(Pausa breve.)* ¿Juana?

CARLOS.—Juana y yo conocemos uno de viejos...

IGNACIO.—Uno.

JUANA.—Y el de Pepe y Luisita. ¡Bien felices son!

IGNACIO.—Dos.

---

[11] Se señala expresamente la condición de ciego de nacimiento de Ignacio (como la de todos los alumnos) por el valor simbólico que el autor confiere a esa situación, según advertí en la Introducción.

CARLOS.—*(Sonriendo.)* Ignacio... No te ofendas, pero estás algo afectado por la novedad de encontrate aquí. ¿Cómo diría yo? Algo... anormal... Serénate. En esta casa sobra alegría para ti y lo pasarás bien.

> *(Le da cordiales palmadas en el hombro.* JUANA *sonríe.)*

IGNACIO.—Puede que esté... anormal. Todos lo estamos.

CARLOS.—*(Sonriendo.)* Ya hablaremos de eso. Aquí hace falta Miguelín, ¿eh, Juana? Me parece que no se ha marchado. ¡Miguelín! *(*MIGUELÍN *atiende fastidiado, pero sin moverse.)* No te hagas el muerto. Sé que estás aquí.

> *(Tanteando, se dirige a él, que se aprieta contra* ELISA. *Al fin, entre risas, lo toca.)*

MIGUEL.—Ya te lo haré yo a ti cuando estés con Juana. ¿Qué pasa?

CARLOS.—Ven para acá.

MIGUEL.—No me da la gana.

CARLOS.—Ven y no hagas el tonto. Tengo que darte una orden de don Pablo.

MIGUEL.—*(Incorporándose con desgana.)* Si no se puede considerar incluida Elisita en esa orden, no voy.

ELISA.—Podrías dejar de utilizarme para tus chistes, ¿no crees?

MIGUEL.—No. No creo.

JUANA.—Ven tú también, Elisa. Ya es hora de que estemos juntas algún ratito.

MIGUEL.—No hay remedio. *(Suspira.)* En fin, vamos allá. *(Con* ELISA *de su mano, y tras* CARLOS, *se acerca al grupo.)* Desembucha.

CARLOS.—*(A* IGNACIO.*)* Éste es Miguelín: el loco de la casa. El de antes. El rorro [12] de la institución, nuestra mascota de diecisiete años. Así y todo, un gran chico. Elisita es su resignada niñera.

MIGUEL.—¡Complaciente! ¡Complaciente niñera!

ELISA.—¡Si pudieras callarte!

MIGUEL.—¡Es que no puedo!

CARLOS.—Vamos, dad la mano al nuevo.

MIGUEL.—*(Haciéndolo, a* ELISA.*)* Anda..., niñera... Da la mano al nuevo.

> *(*ELISA *lo hace y no puede evitar un ligero estremecimiento.)*

CARLOS.—*(A* IGNACIO.*)* Miguelín será tu compañero de cuarto por disposición superior. Si no congenias con él, dilo y le ajustaremos las cuentas.

IGNACIO.—¿Por qué no voy a congeniar? Los dos somos ciegos.

> *(*JUANA *y* ELISA *se emparejan y hablan entre sí.)*

MIGUEL.—¿Oyes, Carlos? Cuando yo decía que es un bromista...

IGNACIO.—Lo he dicho en serio.

MIGUEL.—¡Ah! ¿Sí?... Pues gracias. Aunque yo no me considero muy desgraciado. Mi única desgracia es tener que aguantar a...

ELISA.—*(Saltando.)* ¡Calla, estúpido! Ya sé por dónde vas.

---

[12] *Rorro* (fam.): «Niño pequeñito» (DRAE).

(Todos ríen, menos IGNACIO.*)*

MIGUEL.—Y mi mayor felicidad, que no hay ninguna suegra preparada.

ELISA.—¡Bruto!

MIGUEL.—*(A las muchachas.)* ¿Por qué no seguís con vuestros cotilleos? Estabais muy bien así. *(Ellas cuchichean y ríen ahogadamente.)* ¡Las confidencias femeninas, Ignacio! Nada hay más terrible. *(*JUANA *y* ELISA *le pellizcan.)* ¡Ay! ¡Ay! ¿No lo dije! *(Risas.)* Muy bien. Carlos, Ignacio: propongo una huida en masa hacia la cantina, pero sin las chicas. ¡Hay cerveza!

CARLOS.—Aprobado.

JUANA.—Frente común, ¿eh? Ya te lo diré luego.

CARLOS.—Es un momento...

MIGUEL.—¡No capitules, cobarde! Y vámonos de prisa. ¡Damas! El que me corten ustedes a mí lo deseo de raso, con amplios vuelos y tahalí[13] para el espadín. Carlos se conforma con un traje de baño.

JUANA.—¡Vete ya!

ELISA.—*(A la vez.)* ¡Tonto!

(Con IGNACIO *en medio, se van los dos muchachos por la derecha.)*

ELISA.—¡Hablemos!

JUANA.—¡Hablemos! *(Corren a sentarse, enlazadas, al sofá, en tanto que* DON PABLO *cruza tras los cristales y entra por la puerta del foro. Se acerca a las muchachas,*

---

[13]   *Tahalí:* «Tira de cuero, ante, lienzo u otra materia, que cruza desde el hombro derecho por el lado izquierdo hasta la cintura, donde juntan los dos cabos y se pone la espada» (DRAE). Alude Miguel a la expresión *cortar un traje:* «criticar a quien está ausente».

escucha y se detiene a su lado.) ¡Cuánto tiempo sin decirnos cosas!

ELISA.—Lo necesitaba como el pan.

DON PABLO.—¿Tal vez interrumpo?

JUANA.—Nada de eso. *(Se levantan las dos.)* Casi no habíamos empezado.

DON PABLO.—¿Y de qué iban a hablar? ¿Acaso del nuevo alumno?

ELISA.—A mí me parece... que íbamos a hablar de alumnos más antiguos.

JUANA.—*(Avergonzada.)* ¡Elisa!

DON PABLO.—*(Riendo.)* Una conversación muy agradable. *(Serio.)* Pero ha venido este viejo importuno y prefiere hablar del alumno nuevo. Supongo que Elisita ya lo conoce.

ELISA.—Sí, señor.

> *(Por la terraza ha cruzado* DOÑA PEPITA, *que se detiene en la puerta. Cuarenta años. Trae una cartera de cuero bajo el brazo. Sonriente, contempla con cariño a su esposo.)*

DON PABLO.—*(Que la percibe inmediatamente y vuelve su mirada al vacío.)* Un momento... Mi mujer.

> *(Termina de volverse.)*

DOÑA PEPITA.—*(Acercándose.)* Hola, Pablo. Dispénsame; ya sé que vengo algo retrasada.

DON PABLO.—*(Tomándole una mano, con una ternura que los años no parecen haber aminorado.)* Hueles muy bien hoy, Pepita.

DOÑA PEPITA.—Igual que siempre. Buenos días, señoritas. ¿Dónde dejaron a sus caballeros andantes?

ELISA.—Nos abandonaron por un nuevo amigote.

JUANA.—Pobre chico. Es simpático.

ELISA.—A mí no me lo es.

DON PABLO.—No hable así de un compañero, señorita. Y menos cuando aún no ha tenido tiempo de conocerlo. (*A* DOÑA PEPITA.*)* Carlos y Miguelín están acompañando a un alumno nuevo del preparatorio que acaban de traernos.

DOÑA PEPITA.—¡Ah!, ¿sí? ¿Qué tal chico es?

DON PABLO.—Ya has oído que a estas señoritas no les merece una opinión muy favorable.

JUANA.—¿Por qué no? Es que Elisa es muy precipitada.

DON PABLO.—Sí, un poco. Y, por eso mismo, les haré a las dos algunas recomendaciones.

JUANA.—¿Respecto a Ignacio?

DON PABLO.—Sí. (*A* DOÑA PEPITA.*)* Y, de paso, también tú te harás cargo de la cuestión.

DOÑA PEPITA.—¿Es algo grave?

DON PABLO.—Es lo de siempre. Falta de moral.

DOÑA PEPITA.—El caso típico.

DON PABLO.—Típico. Quizás un poquitín complicado esta vez. Un muchacho triste, malogrado por el mal entendido amor de los padres. Mucho mimo, profesores particulares... Hijo único. En fin, ya lo comprendes. Es preciso, como en otras ocasiones, la ayuda inteligente de algunos estudiantes.

JUANA.—Intentamos antes que abandonara el bastón, y no quiso. Dice que es muy torpe.

DON PABLO.—Pues hay que convencerle de que es un ser útil y de que tiene abiertos todos los caminos, si se atreve. Es cierto que aquí tiene el ejemplo, pero hay que administrárselo con tacto, y al talento de ustedes, señoritas (*A* JUANA.*)*, y al de Carlos, muy particularmente, recomiendo la parte más importante: la creación de una camaradería verdadera que le alegre el corazón. No les será muy difícil... Los muchachos de este tipo están hambrientos de cariño y alegría y no suelen rechazarlos cuando se sabe romper sus murallas interiores [14].

DOÑA PEPITA.—¿Por qué no lo pones de compañero de habitación con Miguelín?

DON PABLO.—*(Asintiendo, sonriente.)* Ya está hecho... Pero no es preciso, señorita Elisa, que Miguelín sea informado de esta recomendación mía. Si lo tomase como un encargo, le saldría mal.

ELISA.—No le diré nada.

DOÑA PEPITA.—Bueno. La cuestión se reduce a impregnar a ese Ignacio, en el plazo más breve, de nuestra famosa moral de acero. ¿No es así?

DON PABLO.—Exacto. Y basta de charla, que el acto de la apertura se aproxima. Señoritas: en ustedes... cuatro descanso satisfecho para este asunto.

JUANA.—Descuide, don Pablo.

DOÑA PEPITA.—Hasta ahora, hijitas.

JUANA.—Hasta ahora, doña Pepita.

DOÑA PEPITA.—Pablo, si no dispones otra cosa, mandaré conectar los altavoces. Los chicos tienen derecho a su ratito de música hasta la apertura...

> *(Se van charlando por la izquierda.* JUANA *y* ELISA *se pasean torpemente en primer término, en cariñoso emparejamiento.)*

JUANA.—¡Hablemos! *(*ELISA *no contesta. Parece preocupada.* JUANA *insiste.)* ¡Hablemos, Elisa!

---

[14] Ni don Pablo ni los demás miembros del colegio comprenden la situación y los deseos de Ignacio. Por eso ofrecen soluciones que para nada sirven.

ELISA.—*(Cavilosa.)* No me agrada el encargo del director. Ese Ignacio tiene algo indefinible que me repele. ¿Tú crees en el fluido magnético?

JUANA.—Sí, mujer. ¿Quién de nosotros no?

ELISA.—Muchos aseguran que eso es falso.

JUANA.—Muchos tontos... que no están enamorados.

ELISA.—*(Riendo.)* Tienes razón. Pero ése es el fluido bueno, y tiene que haber otro malo.

JUANA.—¿Cuál?

ELISA.—*(Grave.)* El de Ignacio. Cuando estaba con nosotras me pareció percibir una sensación de ahogo [15], una desazón y una molestia... Y cuando le di la mano se acentuó terriblemente. Una mano seca, ardorosa... ¡Cargada de malas intenciones!

JUANA.—Yo no noté eso. A mí me pareció simpático. *(Breve pausa.)* Y, sobre todo, es un ser desgraciado. Ese chico necesita adaptarse, nada más. ¡Y no pienses en esas tonterías del fluido maligno!

ELISA.—*(Maliciosa.)* ¡Pues prefiero el fluido de Miguelín!

JUANA.—*(Riendo.)* ¡Y yo el de Carlos! Pero calla. Se me ocurre una cosa...

> *(Silencio. De pronto comienzan los altavoces lejanos a desgranar en el ambiente el adagio del «Claro de luna», de Beethoven, lentamente tocado.)* [16]

---

[15] La sensación de Elisa presagia lo que después sucederá, aunque tampoco interpreta adecuadamente los pensamientos de Ignacio.

[16] Buero Vallejo utiliza con frecuencia la música en sus obras con un valor simbólico o como elemento argumental. Recordemos, por ejemplo, su extraordinaria importancia en *La señal que se espera, El concierto de San Ovidio, La Fundación, Jueces en la noche, Caimán, Lázaro en el laberinto* o *Música cercana.*

ELISA.—¿Eh?

JUANA.—Escucha. ¡Qué hermoso!

(Pausa.)

ELISA.—Podemos seguir hablando, ¿no te parece?

JUANA.—Sí, sí. Te dije que callaras porque había encontrado... la solución del problema de Ignacio.

ELISA.—¿Sí? ¡Dime!

JUANA.—*(Con dulzura.)* La solución para Ignacio es... una novia... Y tenemos que encontrársela. Pensaremos juntas en todas nuestras amigas. *(Pausa breve.)* ¿No me dices nada? ¿No lo encuentras bien?

ELISA.—Sí, pero...

JUANA.—¡Es una idea magnífica! ¿Ya no te acuerdas de cuando paseábamos juntas, antes de que Carlos y Miguelín se decidiesen? No negarás que entonces estábamos bastante tristes... No habíamos llegado aún a la región de la alegría, como dice Carlos. *(Elisa la besa.)* ¡Y qué emoción cuando cambiamos las primeras confidencias! Cuando te dije: «¡Se me ha declarado, Elisa!»

ELISA.—Y yo te pregunté: «¿Cómo ha sido? ¡Anda, cuéntamelo!»

JUANA.—Sí. Y también, a una pregunta mía, me dijiste, melancólicamente: «No... Miguelín aún no me ha dicho nada... No me quiere.»

ELISA.—¡Y lo hizo al día siguiente!

JUANA.—Animado, sin duda, por el mío. Son unos granujas. Ellos también tienen sus confidencias.

ELISA.—Y después..., el primer beso...

JUANA.—*(Soñadora.)* O antes...

ELISA.—*(Estupefacta.)* ¿Qué?

(Pero se asusta repentinamente ante las llama-

das de MIGUELÍN, *en las que palpita un tono
de angustia.)*

MIGUEL.—¡Elisa! ¡Elisa! ¡Elisa!

(Aparece por la derecha.)

ELISA.—*(Corriendo hacia él asustada.)* ¡Aquí estoy,
Miguelín! ¿Por qué gritas?
MIGUEL.—¡Ven!... *(Cambiando súbitamente el tono
por uno de broma.)* ...que te abrace.

(Llega y lo hace, entre las risas de su novia.)

ELISA.—¡Pegajoso!
JUANA.—Hay moros en la costa, Miguelín.
MIGUEL.—Ya, ya lo sé. Sacándonos a los cristianos el
pellejo a tiras. Pero se acabó. Vámonos, Elisa.
JUANA.—¿Y Carlos?
MIGUEL.—No tardará. Me ha dicho que le esperes
aquí.
JUANA.—¿Dónde habéis dejado a Ignacio?
MIGUEL.—En mi cuarto ha quedado. Dice que está
cansado y que no asistirá a la apertura... Bueno, Elisita,
que hay que coger buen sitio.
ELISA.—Sí, vámonos. ¿Te quedas, Juana?
JUANA.—Ahora vamos Carlos y yo... Guardadnos
sitio.
MIGUEL.—Se procurará. Hasta ahora.

*(*ELISA *y* MIGUELÍN *se van por la izquierda.*
JUANA *queda sola. Pasea lentamente, mientras escucha la sonata. Suspira. Un nuevo ruido interviene repentinamente: el inconfundi-*

ble «tap-tap» de un bastón. JUANA *se inmo-*
viliza y escucha. Por la derecha aparece IG-
NACIO, *que se dirige, despacio, al foro.)*

JUANA.—¡Ignacio! *(*IGNACIO *se detiene.)* Eres Ignacio, ¿no?

IGNACIO.—Sí, soy Ignacio. Y tú eres Juana [17].

JUANA.—*(Acercándose.)* ¿No estabas en tu cuarto?

IGNACIO.—De allí vengo... Adiós.

(Comienza a andar.)

JUANA.—¿Dónde vas?

IGNACIO.—*(Frío.)* A mi casa. *(*JUANA *se queda muda*
de asombro.) Adiós.

(Da unos pasos.)

JUANA.—Pero, Ignacio... ¡Si ibas a estudiar con nosotros!

IGNACIO.—*(Deteniéndose.)* He cambiado de parecer.

JUANA.—¿En una hora?

IGNACIO.—Es suficiente.

*(*JUANA *se acerca y le coge cariñosamente de*
las solapas. Él se inmuta.)

JUANA.—No te dejes llevar de ese impulso irrazona-
ble... ¿Cómo vas a llegar a tu casa?

IGNACIO.—*(Nervioso, rehuyendo torpemente el contac-*
to de ella.) Eso es fácil.

---

[17] Se inicia aquí una decisiva escena que concluirá con el acto en la
primera victoria de Ignacio.

JUANA.—¡Pero tu padre se llevará un disgusto grandísimo! ¿Y qué dirá don Pablo?

IGNACIO.—*(Despectivo.)* Don Pablo...

JUANA.—Y nosotros, todos nosotros lo sentiríamos. Te consideramos ya como un compañero... Un buen compañero, con quien pasar alegremente un curso inolvidable.

IGNACIO.—¡Calla! Todos tenéis el acierto de crisparme. ¡Y tú también! ¡Tú la primera! «Alegremente» es la palabra de la casa. Estáis envenenados de alegría. Y no era eso lo que pensaba yo encontrar aquí. Creí que encontraría... a mis verdaderos compañeros, no a unos ilusos.

JUANA.—*(Sonriendo con dulzura.)* Pobre Ignacio, me das pena.

IGNACIO.—¡Guárdate tu pena!

JUANA.—¡No te enfades! Es muy natural lo que te pasa. Todos hemos vivido momentos semejantes, pero eso concluye un día. *(Ladina.)* Y yo sé el remedio. *(Breve pausa.)* Si me escuchas con tranquilidad, te diré cuál es.

IGNACIO.—¡Estoy tranquilo!

JUANA.—Óyeme... Tú necesitas una novia. *(Pausa.* IGNACIO *comienza a reír levemente.)* ¡Te ríes! *(Risueña.)* ¡Pronto acerté!

IGNACIO.—*(Deja de reír. Grave.)* Estáis envenenados de alegría. Pero sois monótonos y tristes sin saberlo... Sobre todo las mujeres. Aquí, como ahí fuera, os repetís lamentablemente, seáis ciegas o no. No eres la primera en sugerirme esa solución pueril. Mis vecinitas decían lo mismo.

JUANA.—¡Bobo! ¿No comprendes que se insinuaban?

IGNACIO.—¡No! Ellas también estaban comprometidas..., como tú. Daban el consejo estúpido que la estúpida alegría amorosa os pone a todas en la boca. Es... como una falsa generosidad. Todas decís: «¿Por qué no te echas novia?» Pero ninguna, con la inefable emoción del amor en la voz, ha dicho: «Te quiero.» *(Furioso.)* Ni tú tampoco, ¿no es así? ¿O acaso lo dices? *(Pausa.)* No necesito una novia. ¡Necesito un «te quiero» dicho con toda el alma! «Te quiero con tu tristeza y tu angustia; para sufrir contigo, y no para llevarte a ningún falso reino de la alegría.» No hay mujeres así.

JUANA.—*(Vagamente dolida en su condición femenina.)* Acaso tú no le hayas preguntado a ninguna mujer.

IGNACIO.—*(Duro.)* ¿A una vidente?

JUANA.—¿Por qué no?

IGNACIO.—*(Irónico.)* ¿A una vidente?

JUANA.—¡Qué mas da! ¡A una mujer!

(Breve pausa.)

IGNACIO.—¡Al diablo todas, y tú de capitana! Quédate con tu alegría; con tu Carlos, muy bueno y muy sabio... y completamente tonto, porque se cree alegre. Y como él, Miguelín, y don Pablo y todos. ¡Todos! Que no tenéis derecho a vivir, porque os empeñáis en no sufrir; porque os negáis a enfrentaros con vuestra tragedia, fingiendo una normalidad que no existe, procurando olvidar e, incluso, aconsejando duchas de alegría para reanimar a los tristes... *(Movimiento de* JUANA.*)* ¡Crees que no lo sé! Lo adivino. Tu don Pablo tuvo la candidez de insinuárselo a mi padre, y éste os lo pidió descaradamente... *(Sarcástico.)* Vosotros sois los alumnos modelo, los leales colaboradores del profesorado en la lucha contra la desesperación, que se agazapa por todos los rincones de la casa. *(Pausa.)* ¡Ciegos! ¡Ciegos y no invidentes, imbéciles!

JUANA.—*(Conmovida.)* No sé qué decirte... Ni quiero

mentirte tampoco... Pero respeta y agradece al menos nuestro buen deseo. ¡Quédate! Prueba...

IGNACIO.—No.

JUANA.—¡Por favor! No puedes marcharte ahora; sería escandaloso. Y yo... No acierto con las palabras. No sé cómo podría convencerte.

IGNACIO.—No puedes convencerme.

JUANA.—*(Con las manos juntas, alterada.)* No te vayas. Soy muy torpe, lo comprendo... Tú aciertas a darme la sensación de mi impotencia... Si te vas todos sabrán que hablé contigo y no conseguí nada. ¡Quédate!

IGNACIO.—¡Vanidosa!

JUANA.—*(Condolida.)* No es vanidad, Ignacio. *(Triste.)* ¿Quieres que te lo pida de rodillas?

(Breve pausa.)

IGNACIO.—*(Muy frío.)* ¿Para qué de rodillas? Dicen que ese gesto causa mucha impresión a los videntes... Pero nosotros no lo vemos. No seas tonta; no hables de cosas que desconoces, no imites a los que viven de verdad. ¡Y ahórrame tu desagradable debilidad, por favor! *(Gran pausa.)* Me quedo.

JUANA.—¡Gracias!

IGNACIO.—¿Gracias? Hacéis mal negocio. Porque vosotros sois demasiado pacíficos, demasiado insinceros, demasidos fríos. Pero yo estoy ardiendo por dentro; ardiendo con un fuego terrible, que no me deja vivir y que puede haceros arder a todos... Ardiendo en esto que los videntes llaman oscuridad, y que es horroroso..., porque no sabemos lo que es. Yo os voy a traer guerra, y no paz [18].

---

[18]   La frase recuerda la de Cristo en el Evangelio de San Mateo (10,34). Un versículo evangélico se sitúa al comienzo de la obra (Juan, 1,5)

JUANA.—No hables así. Me duele. Lo esencial es que
te quedes. Estoy segura de que será bueno para todos.

IGNACIO.—*(Burlón.)* Torpe... y tonta. Tu optimismo
y tu ceguera son iguales... La guerra que me consume os
consumirá.

JUANA.—*(Nuevamente afligida.)* No, Ignacio. No debes traernos ninguna guerra. ¿No será posible que todos
vivamos en paz? No te comprendo bien. ¿Por qué sufres
tanto? ¿Qué te pasa? ¿Qué es lo que quieres?

(Breve pausa.)

IGNACIO.—*(Con tremenda energía contenida.)* ¡Ver!
JUANA.—*(Se separa de él y queda sobrecogida.)* ¿Qué?
IGNACIO.—¡Sí! ¡Ver! Aunque sé que es imposible, ¡ver!
Aunque en este deseo se consuma estérilmente mi vida entera, ¡quiero ver! No puedo conformarme. No debemos
conformarnos. ¡Y menos, sonreír! Y resignarse con vuestra estúpida alegría de ciegos, ¡nunca! *(Pausa.)* Y aunque
no haya ninguna mujer de corazón que sea capaz de acompañarme en mi calvario, marcharé solo, negándome a vivir resignado, ¡porque quiero ver!

*(Pausa. Los altavoces lejanos siguen sonan-
do. JUANA está paralizada, con la mano en
la boca y la angustia en el semblante. CAR-
LOS irrumpe rápido por la derecha.)*

---

y unas palabras bíblicas (Miqueas, 7,6) sirven de lema a *Historia de
una escalera. Las palabras en la arena,* como es sabido, dramatiza el
episodio de la mujer adúltera que narra San Juan (8,1-11). Todo ello
evidencia no sólo el conocimiento que Buero Vallejo tiene del Antiguo
y del Nuevo Testamento, sino el aprecio de sus posibilidades simbólicas. En obras más recientes es destacable al respecto el personaje principal de *Lázaro en el laberinto.*

CARLOS.—¡Juana! *(Silencio.* JUANA *se vuelve hacia él, instintivamente; luego, desconcertada, se vuelve a* IGNACIO, *sin decidirse a hablar.)* ¿No estás aquí, Juanita?... ¡Juana! *(*JUANA *no se mueve ni contesta.* IGNACIO, *sumido en su amargura, tampoco.* CARLOS *pierde su instintiva seguridad; se siente extrañamente solo. Ciego. Adelanta indeciso los brazos, en el gesto eterno de palpar el aire, y avanza con precaución.)* ¡Juana!... ¡Juana!...

> *(Sale por la izquierda llamándola, de nuevo con voz segura y trivial.)*

TELÓN

ACTO SEGUNDO

El fumadero. Los árboles del fondo muestran ahora el esqueleto de sus ramas, sólo aquí y allá moteadas de hojas amarillas. En el suelo de la terraza abundan las hojas secas, que el viento trae y lleva [19]

> (ELISA *se encuentra en la terraza, recostada en el quicio de la portalada, con el aire mustio y los cabellos alborotados por la brisa. Después de un momento, entran por la derecha* JUANA *y* CARLOS, *del brazo. En vano intentan ocultarse el uno al otro su tono preocupado.)*

CARLOS.—Juana...
JUANA.—Dime.
CARLOS.—¿Qué te ocurre?
JUANA.—Nada.

---

[19] El ambiente contrasta con el señalado al comenzar el acto primero, como «el aire mustio» de Elisa es la antítesis del «aire risueño» que allí tenían los jóvenes.

CARLOS.—No intentes negármelo. Llevas ya algún tiempo así...

JUANA.—*(Con falsa ligereza.)* ¿Así, cómo?

CARLOS.—Así como... inquieta.

(Se sienta en uno de los sillones del centro. JUANA lo hace en el sofá, a su lado.)

JUANA.—No es nada...

(Breve pausa.)

CARLOS.—Siempre nos dijimos nuestras preocupaciones... ¿No quieres darme el placer de compartir ahora las tuyas?

JUANA.—¡Si no estoy preocupada!

(Breve pausa.)

CARLOS.—*(Acariciándole una mano.)* Sí. Sí lo estás. Y yo también.

JUANA.—¿Tú? ¿Tú estás preocupado? Pero ¿por qué?

CARLOS.—Por la situación que ha creado... Ignacio.

(Breve pausa.)

JUANA.—¿La crees grave?

CARLOS.—¿Y tú? *(Sonriendo.)* Vamos, sincérate conmigo... Siempre lo hiciste.

JUANA.—No sé qué pensar... Me considero parcialmente culpable.

CARLOS.—*(Sin entonación.)* ¿Culpable?

JUANA.—Sí. Ya te dije que el día de la apertura logré

disuadirle de su propósito de marcharse. Y ahora pienso que quizá hubiera sido mejor.

CARLOS.—Hubiera sido mejor; pero todavía es posible arreglar las cosas, ¿no crees?

JUANA.—Tal vez.

CARLOS.—Ayer tuve que decirle lo mismo a don Pablo... Es sorprendente lo afectado que está. No supo concretarme nada; pero se desahogó confiándome sus aprensiones... Encuentra a los muchachos más reservados, menos decididos que antes. Los concursos de emulación en el estudio se realizan ahora mucho más lánguidamente... Yo traté de animarle. Me causaba lástima encontrarle tan indeciso. Lástima... y una sensación muy rara.

JUANA.—¿Una sensación muy rara? ¿Qué sensación?

CARLOS.—Casi no me atrevo a decírtelo... Es tan nueva para mí... Una sensación como de... desprecio.

JUANA.—¡Carlos!

CARLOS.—No lo pude evitar. ¡Ah! Y también me preguntó qué le ocurría a Elisita, y si había reñido con Miguelín. Por consideración a Miguelín no quise explicárselo a fondo.

JUANA.—¡Pobre Elisa! Cuando estábamos en la mesa noté perfectamente que apenas comía. *(Breve pausa.)* Es raro que no esté por aquí.

> *(*ELISA *no acusa estas palabras, aunque no está tan lejos como para no oírlas. Continúa abstraída en sus pensamientos. Tampoco ellos intuyen su presencia: el enlace parece haberse roto entre los ciegos.)*

CARLOS.—Es ya tarde. Esto no tardará en llenarse, y seguramente se ha refugiado en algún rincón solitario. *(Súbitamente enardecido.)* ¡Y por ella, y por todos, y por ese imbécil de Miguelín también, hay que arreglar esto!

JUANA.—¿De qué modo?

CARLOS.—Ignacio nos ha demostrado que la cordialidad y la dulzura son inútiles con él. Es agrio y despegado... ¡Está enfermo! Responde a la amistad con la maldad.

JUANA.—Está intranquilo; carece de paz interior...

CARLOS.—No tiene paz ni la quiere. *(Pausa grave.)* ¡Tendrá guerra! [20].

JUANA.—*(Levantándose, súbitamente, para pasear su agitación.)* ¿Guerra?

CARLOS.—¿Qué te pasa?

JUANA.—*(Desde el primer término.)* Has pronunciado una palabra... tan odiosa... ¿No es mejor siempre la dulzura?

CARLOS.—No conoces a Ignacio. En el fondo es cobarde; hay que combatirle. ¡Quién nos iba a decir cuando vino que, lejos de animarle, nos desuniría a nosotros! Porque perdemos posiciones, Juana. Posee una fuerza para el contagio con la que no contábamos.

JUANA.—Yo pensé algún tiempo en buscarle una novia..., pero no la he encontrado. ¡Y qué gran solución sería!

CARLOS.—Tampoco. Ignacio no es hombre a quien pueda cambiar ninguna mujer. Ahora está rodeado de compañeras, bien lo sabes... Van a él como atraídas por un imán. Y él las desdeña. Sólo nos queda un camino: desautorizarle ante los demás por la fuerza del razonamiento [21], hacerle indeseable a los compañeros. ¡Forzarle a salir de aquí!

---

[20] La palabra *guerra* posee aquí un significado completamente distinto al que tenía en boca de Ignacio.

[21] Carlos intentará este procedimiento, el de la descalificación por el diálogo, antes de llegar a su injustificable actuación final, precisamente por no haber entendido el íntimo anhelo de Ignacio.

JUANA.—¡Qué fracaso para el centro!

CARLOS.—¿Fracaso? La razón no puede fracasar, y nosotros la tenemos.

JUANA.—*(Compungida.)* Sí... Pero una novia le regeneraría.

CARLOS.—*(Cariñoso.)* Vamos, ven aquí... ¡Ven! *(Ella se acerca despacio. Él toma sus manos.)* Juanita mía, ¡me gustas tanto por tu bondad! Si fueras médico emplearías siempre bálsamos y nunca el escalpelo. *(*JUANA *se recuesta, sonriente, en el sillón y le besa.)* Nos hemos quedado solos para combatir, Juana. No desertes tú también.

(Breve pausa.)

JUANA.—¿Por qué dices eso?

CARLOS.—Por nada. Es que ahora te necesito más que nunca.

> *(Entran por el foro* IGNACIO *y los tres estudiantes.* IGNACIO *no ha abandonado su bastón, pero ha acentuado su desaliño: no lleva corbata.)*

ANDRÉS.—Aquí, Ignacio.

> *(Conduciéndolo a los sillones de la izquierda.)*

IGNACIO.—¿Vienen las chicas?

ALBERTO.—No se las oye.

IGNACIO.—Menos mal. Llegan a ponerse inaguantables.

ANDRÉS.—No te preocupes por ellas. Anda, siéntate. *(Sacando una cajetilla.)* Toma un cigarrillo.

IGNACIO.—No, gracias. *(Se sienta.)* ¿Para qué fumar? ¿Para imitar a los videntes? [22].

ANDRÉS.—Tienes razón. El primer pitillo se fuma por eso. Lo malo es que luego se coge el vicio. Tomad vosotros.

> *(Da cigarrillos a los otros. Se sientan. Cada uno enciende con su cerilla y la tira en el cenicero.* CARLOS *crispa las manos sobre el sillón y* JUANA *se sienta en el sofá.)*

CARLOS.—*(Con ligero tono de reto.)* Buenas tardes, amigos.

IGNACIO, ANDRÉS y ALBERTO.—*(Con desgana.)* Hola.

PEDRO.—Hola, Carlos. ¿Qué haces por aquí?

CARLOS.—Aquí estoy, con Juana.

> *(*IGNACIO *levanta la cabeza.)*

IGNACIO.—Se está muy bien aquí. Tenemos un buen otoño.

ANDRÉS.—Aún es pronto. El sol está dando en la terraza.

PEDRO.—Bueno, Ignacio, prosigue con tu historia.

IGNACIO.—¿Dónde estábamos?

ALBERTO.—Estábamos en que en aquel momento tropezaste.

IGNACIO.—*(Se arrellana y suspira.)* Sí. Fue al bajar los escalones. Seguramente a vosotros os ha ocurrido alguna vez. Uno cuenta y cree que han terminado. Entonces se

---

[22] En su comportamiento une Ignacio los más nobles sentimientos con otros apenas admisibles. En este caso no es válida su conclusión, como tampoco lo son el resentimiento que se deduce de la narración inmediata ni su posterior crueldad con doña Pepita.

adelanta confiadamente el pie y se pega un gran pisotón en el suelo. Yo lo pegué y el corazón me dio un vuelco. Apenas podía tenerme en pie; las piernas se habían convertido en algodón, y las muchachas se estaban riendo a carcajadas. Era una risa limpia y sin malicia; pero a mí me traspasó. Y sentí que me ardía el rostro. Las muchachas trataban de cortar sus risas; no podían, y volvían a empezar. ¿Habéis notado que muchas veces las mujeres no pueden dejar de reír? Se ponen tan nerviosas, que les es imposible... Yo estaba a punto de llorar. ¡Sólo tenía quince años! Entonces me senté en un escalón y me puse a pensar. Intenté comprender por primera vez por qué estaba ciego y por qué tenía que haber ciegos. ¡Es abominable que la mayoría de las personas, sin valer más que nosotros, gocen, sin mérito alguno, de un poder misterioso que emana de sus ojos y con el que pueden abrazarnos y clavarnos el cuerpo sin que podamos evitarlo! Se nos ha negado ese poder de aprehensión de las cosas a distancia, y estamos por debajo, ¡sin motivo!, de los que viven ahí fuera. Aquella vieja cantilena de los ciegos que se situaban por las esquinas en tiempo de nuestros padres, cuando decían, para limosnear: «No hay prenda como la vista, hermanitos», no armoniza bien tal vez con nuestra tranquila vida de estudiantes; pero yo la creo mucho más sincera y más valiosa. Porque ellos no hacían como nosotros; no incurrían en la tontería de creerse normales.

> *(A medida que* CARLOS *escuchaba a* IGNACIO, *su expresión de ira reprimida se ha acentuado.* JUANA *ha reflejado en su rostro una extraña identificación con las incidencias del relato.)*

ANDRÉS.—*(Reservado.)* Acaso tengas razón... Yo he

pensado también mucho en esas cosas. Y creo que con la ceguera no sólo carecemos de un poder a distancia, sino de un placer también. Un placer maravilloso, seguramente. ¿Cómo supones tú que será?

> (MIGUELÍN, *que no ha perdido del todo su aire jovial, desemboca en la terraza por la izquierda. Pasa junto a* ELISA, *sin sentirla —ella se mueve con ligera aprensión—, y llega al interior a tiempo de escuchar las palabras de* IGNACIO.)

IGNACIO.—*(Accionando para él solo con sus manos llenas de anhelo y violencia, subraya inconscientemente la calidad táctil que sus presunciones ofrecen.)*—Pienso que es como si por los ojos entrase continuamente un cosquilleo que fuese removiendo nuestros nervios y nuestras vísceras... y haciéndonos sentir más tranquilos y mejores.

ANDRÉS.—*(Con un suspiro.)* Así debe de ser.

MIGUEL.—¡Hola, chicos!

> (Desde la terraza, ELISA levanta la cabeza, lleva las manos al pecho y se empieza a acercar.)

PEDRO.—Hola, Miguelín.

ANDRÉS.—Llegas a tiempo para decirnos cómo crees tú que es el placer de ver.

MIGUEL.—¡Ah! Pues de un modo muy distinto a como lo ha explicado Ignacio. Pero nada de eso importa, porque a mí se me ha ocurrido hoy una idea genial —¡no os riáis!—, y es la siguiente: nosotros no vemos. Bien. ¿Concebimos la vista? No. Luego la vista es inconcebible. Luego los videntes no ven tampoco.

(Salvo IGNACIO, *el grupo ríe a carcajadas.)*

PEDRO.—¿Pues qué hacen, si no ven?

MIGUEL.—No os riáis, idiotas. ¿Qué hacen? Padecen una alucinación colectiva. ¡La locura de la visión! Los únicos seres normales en este mundo de locos somos nosotros [23].

(Estallan otra vez las risas. MIGUELÍN *ríe también.* ELISA *sufre.)*

IGNACIO.—*(Cuya voz profunda y melancólica acalla las risas de los otros.)* Miguelín ha encontrado una solución, pero absurda. Nos permitiría vivir tranquilos si no supiéramos demasiado bien que la vista existe. *(Suspira.)* Por eso tu hallazgo no nos sirve.

MIGUEL.—*(Con repentina melancolía en la voz.)* Pero ¿verdad que es gracioso?

IGNACIO.—*(Sonriente.)* Sí. Tú has sabido ocultar entre risas, como siempre, lo irreparable de tu desgracia.

(La seriedad de MIGUELÍN *aumenta.)*

ELISA.—*(Que no puede más.)* ¡Miguelín!

JUANA.—¡Elisa!

MIGUEL.—*(Trivial.)* ¡Caramba, Juana! ¿Estás aquí? ¿Y Carlos?

CARLOS.—Aquí estoy también. Y si me lo permitís *(Apretando sobre el sillón la mano de* JUANA *en muda advertencia.),* me sentaré con vosotros.

(Se sienta a la izquierda del grupo.)

---

[23] Miguel sugiere una solución ingeniosa, pero falsa, inaceptable y absurda como la alegría que se disfrutaba en el colegio.

ELISA.—¡Miguelín, escucha! ¡Vamos a pasear al campo de deportes! ¡Se está muy bien ahora! ¿Quieres?

MIGUEL.—*(Despegado.)* Elisita, si acabo de llegar de allí precisamente. Y esta es una conversación muy interesante. ¿Por qué no te sientas con Juana?

JUANA.—Ven conmigo, Elisa. Aquí tienes un sillón.

> *(*ELISA *suspira y no dice nada. Se sienta junto a* JUANA, *quien la mima y la conforta en su desaliento, hasta que el interés de la conversación entre* IGNACIO *y* CARLOS *absorbe a las dos.)*

ALBERTO.—¿Nos escuchabas, Carlos?

CARLOS.—Sí, Alberto. Todo era muy interesante.

ANDRÉS.—¿Y qué opinas tú de ello?

CARLOS.—*(Con tono mesurado.)* No entiendo bien algunas cosas. Sabéis que soy un hombre práctico. ¿A qué fin razonable os llevan vuestras palabras? Eso es lo que no comprendo. Sobre todo cuando no encuentro en ellas otra cosa que inquietud y tristeza.

MIGUEL.—¡Alto! También había risas... *(De nuevo con involuntaria melancolía.)* provocadas por la irreparable desgracia de este humilde servidor.

> *(Risas.)*

CARLOS.—*(Con tono de creciente decisión.)* Siento decirte, Miguelín, que a veces no eres nada divertido. Pero dejemos eso. *(Vibrante.)* A ti, Ignacio *(Éste se estremece ante el tono de* CARLOS.*),* a ti es a quien quiero preguntar algo: ¿quieres decir con lo que nos has dicho que los invidentes formamos un mundo aparte de los videntes?

IGNACIO.—*(Que parece asustado, carraspea.)* Pues... yo he querido decir...

CARLOS.—*(Tajante.)* No, por favor. ¿Lo has querido decir, sí o no?

IGNACIO.—Pues... sí. Un mundo aparte... y más desgraciado.

CARLOS.—¡Pues no es cierto! Nuestro mundo y el de ellos es el mismo. ¿Acaso no estudiamos como ellos? ¿Es que no somos socialmente útiles como ellos? ¿No tenemos también nuestras distracciones? ¿No hacemos deporte? *(Pausa breve.)* ¿No amamos, no nos casamos?

IGNACIO.—*(Suave.)* ¿No vemos?

CARLOS.—*(Violento.)* ¡No, no vemos! Pero ellos son mancos, cojos, paralíticos; están enfermos de los nervios, del corazón o del riñón; se mueren a los veinte años de tuberculosis o los asesinan en las guerras... O se mueren de hambre.

ALBERTO.—Eso es cierto.

CARLOS.—¡Claro que es cierto! La desgracia está muy repartida entre los hombres, pero nosotros no formamos rancho aparte en el mundo. ¿Quieres una prueba definitiva? Los matrimonios entre nosotros y los videntes. Hoy son muchos; mañana serán la regla... Hace tiempo que habríamos conseguido mejores resultados si nos hubiésemos atrevido a pensar así en lugar de salmodiar lloronamente el «no hay prenda como la vista», de que hablabas antes. *(Severo, a los otros.)* Y me extraña mucho que vosotros, viejos ya en la institución, podáis dudarlo ni por un momento. *(Pausa breve.)* Se comprende que dude Ignacio... No sabe aún lo grande, lo libre y hermosa que es nuestra vida. No ha adquirido confianza; tiene miedo a dejar su bastón... ¡Sois vosotros quienes debéis ayudarle a confiar!

(Pausa.)

ANDRÉS.—¿Qué dices a eso, Ignacio?

IGNACIO.—Las razones de Carlos son muy débiles. Pero esta conversación parece un pugilato. ¿No sería mejor dejarla? Yo te estimo, Carlos, y no quisiera...

PEDRO.—No, no. Debes contestarle.

IGNACIO.—Es que...

CARLOS.—*(Burlón, creyendo vencer.)* No te preocupes, hombre. Contéstame. No hay nada más molesto que un problema a medio resolver.

IGNACIO.—Olvidas que, por desgracia, los grandes problemas no suelen resolverse.

(Se levanta y sale del grupo.)

ANDRÉS.—¡No te marches!

CARLOS.—*(Con aparente benevolencia.)* Déjale, Andrés... Es comprensible. No tiene todavía seguridad en sí mismo...

IGNACIO.—*(Junto al velador de la derecha.)* Y por eso necesito mi bastón, ¿no?

CARLOS.—Tú mismo lo dices...

IGNACIO.—*(Cogiendo sin ruido el cenicero que hay sobre el velador y metiéndoselo en el bolsillo de la chaqueta.)* Todos lo necesitamos para no tropezar.

CARLOS.—¡Lo que te hace tropezar es el miedo, el desánimo! Llevarás el bastón toda tu vida y tropezarás toda tu vida. ¡Atrévete a ser como nosotros! ¡Nosotros no tropezamos!

IGNACIO.—Muy seguro estás de ti mismo. Tal vez algún día tropieces y te hagas mucho daño... Acaso más pronto de lo que crees. *(Pausa.)* Por lo demás, no pensaba marcharme. Deseo contestarte, pero permitidme todos que lo haga paseando... Así me parece que razono mejor. *(Ha tomado por su tallo el velador y marcha, marcando bien los golpes del bastón, al centro de la escena.*

Allí lo coloca suavemente, sin el menor ruido.) Tú, Carlos, pareces querer decirnos que hay que atreverse a confiar, que la vida es la misma para nosotros y para los videntes...

CARLOS.—Cabalmente.

IGNACIO.—Confías demasiado. Tu seguridad es ilusoria... No resistiría el tropiezo más pequeño. Te ríes de mi bastón, pero mi bastón me permite pasear por aquí, como hago ahora, sin miedo a los obstáculos.

> *(Se dirige al primer término derecho y se vuelve. El velador se encuentra exactamente en la línea que le une con* CARLOS.*)*

CARLOS.—*(Riendo.)* ¿Qué obstáculos? ¡Aquí no hay ninguno! ¿Te das cuenta de tu cobardía? Si usases sin temor de tu conocimiento del sitio, como hacemos nosotros, tirarías ese palo.

IGNACIO.—No quiero tropezar.

CARLOS.—*(Exaltado.)* ¡Si no puedes tropezar! Aquí todo está previsto. No hay un solo rincón de la casa que no conozcamos. El bastón está bien para la calle, pero aquí...

IGNACIO.—Aquí también es necesario. ¿Cómo podemos saber nosotros, pobres ciegos, lo que nos acecha alrededor?

CARLOS.—¡No somos pobres! ¡Y lo sabemos perfectamente! *(*IGNACIO *ríe sin rebozo.)* ¡No te rías!

IGNACIO.—Perdona, pero... me resulta tan pueril tu optimismo... Por ejemplo, si yo te pidiera que te levantases y vinieses muy aprisa a donde me encuentro, quieres hacernos creer que lo harías sin miedo...

CARLOS.—*(Levantándose de golpe.)* ¡Naturalmente! ¿Quieres que lo haga?

> *(Pausa.)*

IGNACIO.—*(Grave.)* Sí, por favor. Muy de prisa, no lo olvides.

CARLOS.—¡Ahora mismo!

> *(Todos los ciegos adelantan la cabeza, en es-cucha.* CARLOS *da unos pasos rápidos, pero, de pronto, la desconfianza crispa su cara y dis-minuye la marcha, extendiendo los brazos. No tarda en palpar el velador, y una expresión de odio brutal le invade.)*

IGNACIO.—Vienes muy despacio.

CARLOS.—*(Que, bordeando el velador, ha avanzado con los puños cerrados hasta enfrentarse con* IGNACIO.*)* No lo creas. Ya estoy aquí.

IGNACIO.—Has vacilado.

CARLOS.—¡Nada de eso! Vine seguro de convencerte de lo vano de tus miedos. Y... te habrás persuadido... de que no hay obstáculos por en medio.

IGNACIO.—*(Triunfante.)* Pero te dio miedo. ¡No lo nie-gues! *(A los demás.)* Le dio miedo. ¿No le oísteis vacilar y pararse?

MIGUEL.—Hay que reconocerlo, Carlos. Todos lo ad-vertimos.

CARLOS.—*(Rojo.)* ¡Pero no lo hice por miedo! Lo hice porque de pronto comprendí...

IGNACIO.—¡Qué! ¿Acaso que podía haber obstáculos? Pues si no llamas a eso miedo, llámalo como quieras.

MIGUEL.—¡Un tanto para Ignacio!

CARLOS.—*(Dominándose.)* Es cierto. No fue miedo, pero hubo una causa que... que no puedo explicar. Esta prueba es nula.

IGNACIO.—*(Benévolo.)* No tengo inconveniente en con-cedértelo. *(Mientras habla se encamina al grupo para sen-*

tarse de nuevo.) Pero aún he de contestar a tus argumentos... Estudiamos, sí; *(A todos.)* la décima parte de las cosas que estudian los videntes. Hacemos deportes..., menos nueve décimas partes de ellos. *(Se ha sentado plácidamente.* CARLOS, *que permanece inmóvil en el primer término, cruza los brazos tensos para contenerse.)* Y en cuanto al amor...

ALBERTO.—Eso no podrás negarlo.

IGNACIO.—El amor es algo maravilloso. El amor, por ejemplo, entre Carlos y Juana. *(JUANA, que ha seguido angustiada las peripecias de la disputa, se sobresalta.)* ¡Pero esa maravilla no pasa de ser una triste parodia del amor entre los videntes! Porque ellos poseen al ser amado por entero. Son capces de englobarle en una mirada. Nosotros poseemos... a pedazos. Una caricia, el arrullo momentáneo de la voz... En realidad no nos amamos. Nos compadecemos y tratamos de disfrazar esa triste piedad con alegres tonterías, llamándola amor. Creo que sabría mejor si no la disfrazásemos [24].

MIGUEL.—¡Segundo tanto para Ignacio!

CARLOS.—*(Conteniéndose.)* Me parece que has olvidado contestar a algo muy importante...

IGNACIO.—Puede ser.

CARLOS.—Los matrimonios entre videntes e invidentes, ¿no prueban que nuestro mundo y el de ellos es el mismo? ¿No son una prueba de que el amor que sentimos y hacemos sentir no es una parodia?

---

[24]   Recuerdan estas afirmaciones de Ignacio (que no se corresponden con su seguridad, gracias al amor, al final del acto) otras de Laura en *Casi un cuento de hadas* que más que la posibilidad de amor ve para ellas la de compartir carencias y sufrimientos: «Mírame, Riquet. Espantosa, ¿verdad? Como tú. Mira en mi cara tu propio horror. Sólo yo puedo comprenderte...» En *Casi un cuento de hadas* se expone también el problema de las limitaciones humanas (fealdad de Riquet-nesciencia de Leticia) y la posibilidad de superarlas.

IGNACIO.—¡Pura compasión, como los otros!

CARLOS.—¿Te atreverías a asegurar que don Pablo y doña Pepita no se han amado?

IGNACIO.—¡Ja, ja, ja! Yo no quisiera que mis palabras se interpretasen mal por alguien...

ANDRÉS.—Todos te prometemos discreción.

> (DOÑA PEPITA *avanza por la derecha de la terraza hacia la portalada, mirándolos tras los cristales. Al oír su nombre se detiene.)*

IGNACIO.—La región del optimismo donde Carlos sueña no le deja apreciar la realidad. (*A* CARLOS.) Por eso no te has enterado de un detalle muy significativo que todos sabemos por las visitas. Muy significativo. Doña Pepita y don Pablo se casaron porque don Pablo necesitaba un bastón; *(Golpea el suelo con el suyo.)* pero, sobre todo, *(Se detiene.)* por una de esas cosas que los ciegos no comprendemos, pero que son tan importantes para los videntes. Porque... ¡doña Pepita es muy fea!

> (*Un silencio. Poco a poco, la idea les complace. Ríen hasta estallar en grandes carcajadas.* CARLOS, *violento, no sabe qué decir.)*

MIGUEL.—¡Tercer tanto para Ignacio!

> (*Arrecian las carcajadas.* CARLOS *se retuerce las manos.* JUANA *ha apoyado la cabeza en las manos y está ensimismada.* DOÑA PEPITA, *que inclinó la cabeza con tristeza, se sobrepone e interviene.)*

DOÑA PEPITA.—*(Cordial.)* ¡Buenas tardes, hijitos! Les

encuentro muy alegres. *(A su voz, las risas cesan de re-pente.)* Algún chiste de Miguelín, probablemente... ¿No es eso?

> *(Todos se levantan, conteniendo algunos la risa de nuevo.)*

MIGUEL.—Lo acertó usted, doña Pepita.

DOÑA PEPITA.—Pues le voy a reñir por hacerles per-der el tiempo de ese modo. Van a dar las tres y aún no han ido a ensayar al campo... ¿A qué altura van a dejar el nombre del centro en el concurso de patín? ¡Vamos! ¡Al campo todo el mundo!

MIGUEL.—Usted perdone.

DOÑA PEPITA.—Perdonado. Pórtese bien ahora en la pista. Y ustedes, señoritas, vengan conmigo a la terraza a tomar el aire. *(Los estudiantes van desfilando hacia la terraza y desaparecen por la izquierda, entre risas repri-midas.* CARLOS, IGNACIO, JUANA *y* ELISA *permanecen.* DOÑA PEPITA *se dirige entonces a* CARLOS, *con especial ternura. El estudiante es para ella el alumno predilecto de la casa. Tal vez el hijo de carne que no llegó a tener con* DON PABLO... *Acaso esté un poco enamorada de él sin saberlo.)* Carlos, don Pablo quiere hablarle.

CARLOS.—Ahora voy, doña Pepita. En cuanto termi-ne un asuntillo con Ignacio.

DOÑA PEPITA.—Y usted, ¿no quiere patinar, Ignacio? ¿Cuándo se decide a dejar el bastón?

IGNACIO.—No me atrevo, doña Pepita. Además, ¿para qué?

DOÑA PEPITA.—Pues, hijo, ¿no ve a sus compañeros cómo van y vienen sin él?

IGNACIO.—No, señora. Yo no veo nada.

DOÑA PEPITA.—*(Seca.)* Claro que no. Perdone. Es una forma de hablar... ¿Vamos, señoritas?

JUANA.—Cuando guste.

DOÑA PEPITA.—*(Enlazando por el talle a las dos muchachas.)* Ahí se quedan ustedes. *(Afectuosa.)* No olvide a don Pablo, Carlos.

CARLOS.—Descuide. Voy en seguida.

> *(DOÑA PEPITA y las muchachas avanzan hacia la barandilla, donde se recuestan. DOÑA PEPITA acciona vivamente, explicando a las ciegas las incidencias del patinaje. IGNACIO vuelve a sentarse. Una pausa.)*

IGNACIO.—Tú dirás.

> *(CARLOS no dice nada. Se acerca al velador y lo coge para devolverlo, con ostensible ruido, a su primitivo lugar. Después se enfrenta con IGNACIO.)*

CARLOS.—*(Seco.)* ¿Dónde has dejado el cenicero?

IGNACIO.—*(Sonriendo.)* ¡Ah, sí! Se me olvidaba. Tómalo.

> *(Se lo alarga. CARLOS palpa en el vacío y lo atrapa bruscamente.)*

CARLOS.—¡No sé si te das cuenta de que estoy a punto de agredirte!

IGNACIO.—No tendrías más razón aunque lo hicieras.

> *(CARLOS se contiene. Después va a dejar el cenicero en su sitio, con un sonoro golpe, y vuelve al lado de IGNACIO.)*

CARLOS.—*(Resollando.)* Escucha, Ignacio. Hablemos lealmente. Y con la mayor voluntad de entendernos.

IGNACIO.—Creo entenderte muy bien.

CARLOS.—Me refiero a entendernos en la práctica.

IGNACIO.—No es muy fácil.

CARLOS.—De acuerdo. Pero ¿no lo crees necesario?

IGNACIO.—¿Por qué?

CARLOS.—*(Con impaciencia reprimida.)* Procuraré explicarme. Ya que no pareces inclinado a abandonar tu pesimismo, para mí merece todos los respetos. ¡Pero encuentro improcedente que intentes contagiar a los demás! ¿Qué derecho tienes a eso?

IGNACIO.—No intento nada. Me limito a ser sincero, y ese contagio de que me hablas no es más que el despertar de la sinceridad de cada cual. Me parece muy conveniente, porque aquí había muy poca. ¿Quieres decirme, en cambio, qué derecho te asiste para recomendar constantemente la alegría, el optimismo y todas esas zarandajas?

CARLOS.—Ignacio, sabes que son cosas muy distintas. Mis palabras pueden servir para que nuestros compañeros consigan una vida relativamente feliz. Las tuyas no lograrán más que destruir; llevarlos a la desesperación, hacerles abandonar sus estudios.

> *(*DOÑA PEPITA *interpela desde la terraza a los que patinan en el campo.* IGNACIO *y* CARLOS *se interrumpen y escuchan.)*

DOÑA PEPITA.—¡Se ha caído usted ya dos veces, Miguelín! Eso está muy mal. ¿Y a usted, Andrés, qué le pasa? ¿Por qué no se lanza?… Vaya. Otro que se cae. Están ustedes cada día más inseguros…

CARLOS.—¿Lo oyes?

IGNACIO.—¿Y qué?

CARLOS.—¡Que tú eres el culpable!

IGNACIO.—¿Yo?

CARLOS.—¡Tú, Ignacio! Y yo te invito, amistosamente, a reflexionar… y a colaborar para mantener limpio el centro de problemas y de ruina. Creo que a todos nos interesa.

IGNACIO.—¡A mí no me interesa! Este centro está fundado sobre una mentira.

> (DOÑA PEPITA, *con las manos en los hombros de las ciegas, las besa cariñosamente y se va por la derecha de la terraza.* JUANA *y* ELISA *se emparejan.)*

CARLOS.—¿Qué mentira?

IGNACIO.—La de que somos seres normales.

CARLOS.—¡Ahora no discutiremos eso!

IGNACIO.—*(Levantándose.)* ¡No discutiremos nada! No hay acuerdo posible entre tú y yo. Hablaré lo que quiera y no renunciaré a ninguna conquista que se me ponga en el camino. ¡A ninguna!

CARLOS.—*(Engarfia las manos. Se contiene.)* Está bien. Adiós.

> *(Se va rápidamente por la derecha.* IGNACIO *queda solo. Silba melancólicamente unas notas del adagio del «Claro de luna». A poco, apoya las manos en el bastón y reclina la cabeza. Breve pausa.* LOLITA *entra por la terraza. A poco, entra por la derecha* ESPERANZA, *y la faz de cada una se ilumina al sentir los pasos de la otra. Avanzan hasta encontrarse y, casi a un tiempo, exclaman:)*

LOLITA.—¡Ignacio!

ESPERANZA.—¡Ignacio!

> *(Éste se inmoviliza y no responde. Ellas ríen con alguna vergüenza, defraudadas.)*

LOLITA.—Tampoco está aquí.

ESPERANZA.—*(Triste.)* Nos evita.

LOLITA.—¿Tú crees?

ESPERANZA.—Habla con nosotras por condescendencia..., pero nos desprecia. Sabe que no le entendemos.

LOLITA.—¿No será que haya... alguna mujer?

ESPERANZA.—Lo habríamos notado.

LOLITA.—¡Quién sabe! Es tan hermético... Tal vez haya una mujer.

ESPERANZA.—Vamos a buscar en el salón.

LOLITA.—Vamos.

> *(Salen por la izquierda, llamándolo. Pausa. JUANA y ELISA discutían algo en la terraza. ELISA está muy alterada; intenta desprenderse de JUANA para entrar en el fumadero y ésta trata de retenerla.)*

ELISA.—*(Todavía en la terraza.)* ¡Déjame! Estoy ya harta de Ignacio.

> *(Se separa y cruza la portalada, mientras IGNACIO levanta la cabeza.)*

JUANA.—*(Tras ella.)* Vamos, tranquilízate. Siéntate aquí.

ELISA.—¡No quiero!

JUANA.—Siéntate...

(La sienta cariñosamente en el sofá y se acomoda a su lado.)

ELISA.—¡Le odio! ¡Le odio!
JUANA.—Un momento, Elisita. *(Alzando la voz.)* ¿Hay alguien aquí?

*(*IGNACIO *no contesta,* JUANA *coge una mano de su amiga.)*

ELISA.—¡Cómo le odio!
JUANA.—No es bueno odiar...
ELISA.—Me ha quitado a Miguelín y nos quitará la paz a todos. ¡Mi Miguelín!
JUANA.—Volverá. No lo dudes. Él te quiere. ¡Si, en realidad, no ha pasado nada! Un poco indiferente tal vez, estos días..., porque Miguelín fue siempre una veleta para las novedades. Ignacio es para él una distracción pasajera. ¡Y, en fin de cuentas, es un hombre! Si tuvieras que sufrir alguna veleidad de Miguelín con otra chica... Y aun eso no significaría que hubiera dejado de quererte.
ELISA.—¡Preferiría que me engañase con otra chica!
JUANA.—¡Qué dices, mujer!
ELISA.—Sí. Esto es peor. Ese hombre le ha sorbido el seso y yo no tengo ya lugar en sus pensamientos.
JUANA.—Creo que exageras.
ELISA.—No... Pero oye, ¿no hay nadie aquí?
JUANA.—No.
ELISA.—Me parecía... *(Pausa. Volviendo a su tono de exaltación.)* Te lo dije el primer día, Juanita. Ese hombre está cargado de maldad. ¡Cómo lo adiviné! ¡Y esa afectación de Cristo martirizado que emplea para ganar adeptos! Los hombres son imbéciles. Y Miguelín, el más tonto de todos. ¡Pero yo le quiero!

(Llora en silencio.)

JUANA.—Te oigo, Elisa. No llores...

ELISA.—*(Levantándose para pasear su angustia.)* ¡Es que le quiero, Juana!

JUANA.—Lo que Miguelín necesita es un poco de indiferencia por tu parte. No le persigas tanto.

ELISA.—Ya sé que me pongo en ridículo. No lo puedo remediar.

> *(Se para junto a* IGNACIO, *que no respira, y seca sus ojos por última vez para guardar el pañuelo.)*

JUANA.—¡Inténtalo! Así volverá.

ELISA.—¿Cómo voy a intentarlo con ese hombre entre nosotros? Su presencia me anula... ¡Ah! ¡Con qué gusto le abofetearía! ¡Quisiera saber qué se propone!

> *(Engarfia las manos en el aire. Mas, de pronto, comienza a volverse lentamente hacia* IGNACIO, *sin darse cuenta todavía de que siente su presencia.)*

JUANA.—No se propone nada. Sufre... y nosotros no sabemos curar su sufrimiento. En el fondo es digno de compasión.

> *(Las palabras de* JUANA *hacen volver otra vez la cabeza a* ELISA. *No ha llegado a sospechar nada.)*

ELISA.—*(Avanzando hacia* JUANA.*)* Le compadeces demasiado. Es un egoísta. ¡Que sufra solo y no haga sufrir a los demás!

JUANA.—*(Sonriente.)* Anda, siéntate y no te alteres. *(Se levanta y va hacia ella.)* Acusas a Ignacio de egoísta. ¿Y qué va a hacer, si sufre? También convendría menos egoísmo por nuestra parte. Hay que ser caritativos con las flaquezas ajenas y aliviarlas con nuestra dulzura...

(Breve pausa.)

ELISA.—*(De pronto, exaltada, oprimiendo los brazos de* JUANA.*)* ¡No, no, Juana! ¡Eso, no!
JUANA.—*(Alarmada.)* ¿Qué?
ELISA.—¡Eso, no, querida mía! ¡Eso, no!
JUANA.—¡Pero habla! No, ¿el qué?
ELISA.—¡Tu simpatía por Ignacio!
JUANA.—*(Molesta.)* ¿Qué dices?
ELISA.—¡Prométeme ser fuerte! ¡Por amor a Carlos, prométemelo! *(Zarandeándola.)* ¡Prométemelo, Juana!
JUANA.—*(Fría.)* No digas tonterías. Yo quiero a Carlos y no pasará nada. No sé qué piensas que pueda ocurrir.
ELISA.—¡Todo! ¡Todo puede ocurrir! ¡Ese hombre me ha quitado a Miguelín y tú estás en peligro! ¡Prométeme evitarlo! ¡Por Carlos, prométemelo!
JUANA.—*(Muy alterada.)* ¡Elisa, cállate inmediatamente! ¡No te consiento...!

(Se separa de ella con brusquedad. Pausa.)

ELISA.—*(Lenta, separándose.)* ¡Ah! ¡Soy tu mejor amiga y no me consientes! ¡También ha hecho presa en ti! ¡Estás en manos de ese hombre y no te das cuenta!
JUANA.—¡Elisa!
ELISA.—¡Me das lástima! ¡Y me da lástima Carlos, porque va a sufrir como yo sufro!

JUANA.—*(Gritando.)* ¡Elisa! ¡O callas, o...!

(Va hacia ella.)

ELISA.—¡Déjame! ¡Déjame sola con mi pena! Es inútil luchar. ¡Es más fuerte que todos! ¡Nos lo está quitando todo! ¡Todo! ¡Hasta nuestra amistad! ¡No te reconozco!... ¡No te reconozco!...

> *(Se va, llorando, por el foro.* JUANA, *agitada y dolida, vacila en seguirla.* IGNACIO *se levanta.)*

IGNACIO.—Juana. *(Ella ahoga un grito y se vuelve hacia* IGNACIO. *Él llega.)* Estaba aquí y os he oído. ¡Pobre Elisa! No le guardo rencor.

JUANA.—*(Tratando de reprimir su temblor.)* ¿Por qué no avisaste?

IGNACIO.—No me arrepiento. ¡Juana! *(Le coge una mano.)* Me has dado mi primer momento de felicidad. ¡Gracias! ¡Si supieras qué hermoso es sentirse comprendido! ¡Qué bien has adivinado en mí! Tienes razón. Sufro mucho. Y ese sufrimiento me lleva...

JUANA.—Ignacio... ¿Por qué no intentas reprimirte? Yo sé muy bien que no deseas el mal, pero lo estás haciendo.

IGNACIO.—No puedo contenerme. No puedo dejar en la mentira a la gente cuando me pregunta... ¡Me horroriza el engaño en que viven!

JUANA.—¡Guerra nos has traído y no paz!

IGNACIO.—Te lo dije... *(Insinuante.)* En este mismo sitio. Y estoy venciendo. Recuerda que tú lo quisiste.

(Breve pausa.)

JUANA.—¿Y si yo te pidiera ahora, por tu bien, por el mío y el de todos, que te marcharas?

IGNACIO.—*(Lento.)* ¿Lo quieres de verdad?

JUANA.—*(Con voz muy débil.)* Te lo ruego.

IGNACIO.—No. No lo quieres. Tú quieres aliviar mi pena con tu dulzura... ¡Y vas a dármela! ¡Tú me la darás! Tú, que me has comprendido y defendido. ¡Te quiero, Juana!

JUANA.—¡Calla!

IGNACIO.—Te quiero a ti, y no a ninguna de esas otras. ¡A ti y desde el primer día! Te quiero por tu bondad, por tu encanto, por la ternura de tu voz, por la suavidad de tus manos... *(Transición.)* Te quiero y te necesito. Tú lo sabes.

JUANA.—¡Por favor! ¡No debes hablar así! Olvidas que Carlos...

IGNACIO.—*(Irónico.)* ¿Carlos? Carlos es un tonto que te dejaría por una vidente. Él cree que nuestro mundo y el de ellos es el mismo... Él querría otra doña Pepita. Otra fea doña Pepita que mirase por él... Desearía una mujer completa, y a ti te tiene como un mal menor. *(Transición.)* ¡Pero yo no quiero una mujer, sino una ciega! ¡Una ciega de mi mundo de ciegos, que comprenda!... Tú. Porque tú sólo puedes amar a un ciego verdadero, no a un pobre iluso que se cree normal. ¡Es a mí a quien amas! No te atreves a decírmelo, ni a confesártelo... Serías la excepción. No te atreves a decir «te quiero». Pero yo lo diré por ti. Sí, me quieres; lo estás adivinando ahora mismo. Lo delata la emoción de tu voz. ¡Me quieres con mi angustia y mi tristeza, para sufrir conmigo de cara a la verdad y de espaldas a todas las mentiras que pretenden enmascarar nuestra desgracia! ¡Porque eres fuerte para eso y porque eres buena!

(La abraza apasionadamente.)

JUANA.—*(Sofocada.)* ¡No!

> *(*IGNACIO *le sella la boca con un beso prolongado.* JUANA *apenas resiste. Por la derecha han entrado* DON PABLO *y* CARLOS. *Se detienen, sorprendidos.)*

DON PABLO.—¿Eh?

> *(*IGNACIO *se separa bruscamente, sin soltar a* JUANA. *Los dos escuchan, agitadísimos.)*

CARLOS.—Ha sonado un beso...

> *(*JUANA *se retuerce las manos.)*

DON PABLO.—*(Jovial.)* ¡Qué falta de formalidad! ¿Quiénes son los tortolitos que se arrullan por aquí? ¡Tendré que amonestarlos! *(Nadie responde. Demudada,* JUANA *vacila en romper a hablar.* IGNACIO *le aprieta con fuerza el brazo.)* ¿No contestáis? *(*IGNACIO, *con el bastón levantado del suelo, conduce rápidamente a* JUANA *hacia la portalada. Sus pasos no titubean; todo él parece estar poseído de una nueva y triunfante seguridad. Ella levanta y baja la cabeza, llena de congoja. Convulsa y medio arrastrada, casi corriendo, se la ve pasar tras* IGNACIO, *que no la suelta, a través de la cristalera del foro.* DON PABLO, *jocosamente.)* ¡Se han marchado! Les dio vergüenza.

CARLOS.—*(Serio.)* Sí.

TELÓN

ACTO TERCERO

Saloncito en la Residencia. Amplio ventanal al fondo, con la cortina descorrida, tras el que resplandece la noche estrellada [25]. Haciendo chaflán a la derecha, cortina que oculta una puerta. En el chaflán de la izquierda, un espléndido aparato de radio. En lugar apropiado, estantería con juegos diversos y libros para ciegos. Algún cacharro con flores. En el primer término izquierdo, puerta con su cortina. En el primer término y hacia la derecha, velador de ajedrez con las fichas colocadas, y dos sillas. Bajo el ventanal y hacia el centro de la escena, sofá. Cerca de la radio, una mesa con una lámpara portátil apagada.

Sillones, veladores. Encendida la luz central

(ELISA, *sentada a la derecha del sofá, llora amargamente.* CARLOS *está sentado junto al ajedrez, jugando consigo mismo una partida,*

---

[25]   Esta resplandeciente noche estrellada, que nos hace recordar «el inmenso firmamento negro y estrellado que acompañará todo el delirio del suicidio» en *La detonación,* es intuitivamente sentida por Ignacio más adelante.

con la que intenta distraer su preocupación.
Lleva la camisa desabrochada y la corbata
floja.)

ELISA.—¡Somos muy desgraciados, Carlos! ¡Muy desgraciados! ¿Por qué nos enamoraremos? Quisiera saberlo. *(Breve pausa.)* Ahora comprendo que no me quería.

CARLOS.—Te quería y te quiere. Es Ignacio el culpable de todo. Miguelín es muy joven. Sólo tiene diecisiete años y...

ELISA.—¿Verdad? Si yo misma quiero convencerme de que Miguelín volverá... ¡Pero dudo, Carlos, dudo horriblemente! *(Llora de nuevo. Se calma.)* ¡Qué egoísta soy! También tú sufres, y yo no reparo en hacerte mi paño de lágrimas.

(Se levanta para ir a su lado.)

CARLOS.—Yo no sufro.

ELISA.—Sí sufres, sí... Sufres por Juana. *(Movimiento de* CARLOS.*)* ¡Por esa grandísima coqueta!

CARLOS.—¡Ojalá fuese coquetería!

ELISA.—¿Y dices que no sufres? *(*CARLOS *oculta la cabeza entre las manos.)* ¡Pobre! Ignacio nos ha destrozado a los dos.

CARLOS.—A mí no me ha destrozado nadie.

ELISA.—No finjas conmigo... Comprendo muy bien tu pena, porque es como la mía. Te destroza el abandono de Juana y te duele aún más, como a mí, la falta de una explicación definitiva... ¡Es espantoso! Parece que nada ha pasado, y los dos sabemos en nuestro corazón que todo se ha perdido.

CARLOS.—*(Con ímpetu.)* ¡No se ha perdido nada! ¡No puede perderse nada! Me niego a sufrir.

ELISA.—¡Me asustas!

CARLOS.—Sí. Me niego a sufrir. ¿Dices que soy desgraciado? ¡Es mentira! ¿Que sufro por Juana? No puedo sufrir por ella porque no ha dejado de quererme. ¿Entiendes? ¡No ha dejado de quererme! Tiene que ser así y es así.

ELISA.—*(Compadecida.)* ¡Pobre!... ¡Qué dolor el tuyo..., y sin lágrimas! ¡Llora, llora como yo! ¡Desahógate!

CARLOS.—*(Tenaz.)* Me niego a llorar. ¡Llora tú si quieres! Pero harás mal. Tampoco tienes motivo. ¡No debes tenerlo! Miguelín te quiere y volverá a ti. Juana no ha dejado de quererme.

ELISA.—Me explico tu falta de valor para reconocer los hechos... Yo también he querido —¡y aún quiero a veces!— engañarme, pero...

CARLOS.—*(En el colmo de la desesperación.)* Pero ¿no comprendes que no podemos dejarnos vencer por Ignacio? ¡Si sufrimos por su culpa, ese sufrimiento será para él una victoria! Y no debemos darle ninguna. ¡Ninguna!

ELISA.—*(Asustada.)* Pero en la intimidad podemos alguna vez compadecernos mutuamente...

CARLOS.—Ni en la intimidad siquiera.

(Pausa. Poco a poco, inclina de nuevo la cabeza. JUANA *entra por la puerta del chaflán.)*

JUANA.—¿Ignacio? *(*ELISA *abre la boca.* CARLOS *le aprieta el brazo para que calle.)* Tampoco está aquí. Dónde estará el pobre...

(Avanza hacia el lateral izquierdo y desaparece por la puerta.)

ELISA.—*(Emocionada.)* ¡Carlos!

CARLOS.—Calla.

ELISA.—¡Oh! ¿Qué te pasa? No estás normal... Yo no hubiera podido resistirlo.

CARLOS.—*(Casi sonriente.)* Si no ocurre nada, mujer... Otra... Otra que busca al pobre Ignacio, que le llama por las habitaciones... Nada.

ELISA.—No te entiendo. No sé si estás desesperado o loco.

CARLOS.—Ninguna de las dos cosas. Nunca tuve el juicio más claro que ahora. *(Le da palmaditas en la mano.)* ¡Anímate, Elisa! Todo se arreglará.

> *(Entran por el chaflán* IGNACIO *y* MIGUELÍN, *charlando con animación.* ELISA *se oprime las manos al oírlos.)*

IGNACIO.—No todas las mujeres son iguales, aunque es indudable que las ciegas se llevan muy poco entre ellas... con alguna excepción. Conocí una vez a una muchacha vidente...

MIGUEL.—*(Interrumpe, impulsivo.)* Son muy simpáticas las chicas videntes. Yo conozco a una que se llama Carmen y que era mi vecina. Yo no le hacía caso, pero ella estaba por mí...

IGNACIO.—¿Sabes si era fea?

MIGUEL.—*(Cortado.)* Pues... no... No llegué a enterarme.

CARLOS.—Buenas noches, amigos. ¿No os sentáis?

MIGUEL.—*(Inmutado.)* ¡Hombre, Carlos, tengo ganas de hablar contigo! No sé cómo me las arreglo que nunca encuentro la manera de charlar contigo. Ni con Elisa.

ELISA.—*(Con esfuerzo.)* Estás a tiempo.

MIGUEL.—*(Con desgana.)* ¡Caramba, si está Elisa contigo! Y ¿cómo te va, Elisa?

ELISA.—*(Seca.)* Bien, gracias.

MIGUEL.—*(Trivial.)* ¡Vaya! Me alegro.

CARLOS.—*(Articulando con mucha claridad.)* Creo que Juanita andaba por ahí buscándote, Ignacio.

*(*ELISA *se queda sobrecogida.)*

IGNACIO.—*(Turbado.)* No... No sé...

CARLOS.—Sí. Sí. Te buscaba.

IGNACIO.—*(Repuesto.)* Es posible. Teníamos que hablar de algunas cosas.

MIGUEL.—Oye, Ignacio. Creo que podrías seguir hablando de esa muchacha vidente a quien conociste. Elisa y Carlos no tendrán inconveniente.

CARLOS.—Ninguno.

IGNACIO.—A Carlos y Elisa no les interesan estos temas. Son muy abstractos.

CARLOS.—Creo que una muchacha de carne y hueso no es nada abstracta.

IGNACIO.—Pero ve. ¿Quieres más abstracción para nosotros?

ELISA.—*(Con violencia.)* Me disculparéis, pero Ignacio tiene razón; no puedo soportar esos temas. Me voy a acostar.

CARLOS.—A tu gusto. Perdona que no te acompañe; quisiera continuar charlando con Ignacio. Miguelín te acompañará.

*(*MIGUELÍN *acoge con desagrado la indicación.)*

ELISA.—*(Agria.)* Que no se moleste por mí. Miguelín quiere seguramente seguir hablando contigo... y con Ignacio.

MIGUEL.—*(Sin pizca de alegría.)* Qué tonterías dices…
Te acompañaré con mucho gusto.

ELISA.—Como quieras. Buenas noches a los dos.

IGNACIO.—Buenas noches.

CARLOS.—Hasta mañana, Elisa.

> *(*ELISA *se va por la izquierda.* MIGUELÍN *la sigue como un perro apaleado.* CARLOS *e* IGNACIO *se acomodan en dos sillones de la izquierda, pero antes de que comiencen a hablar entra por el chaflán* DOÑA PEPITA.*)*

DOÑA PEPITA.—¡Buenas noches! ¿No se acuestan ustedes?

> *(*CARLOS *e* IGNACIO *se levantan.)*

CARLOS.—Es pronto.

DOÑA PEPITA.—Siéntense, por favor. Y usted, hombre del bastón, ¿no dice nada?

IGNACIO.—Buenas noches.

DOÑA PEPITA.—¡Alégrese, hombre! Le encuentro cada día más mustio. Bueno, prosigan su charla. Yo voy a dar una vuelta por los dormitorios. Hasta ahora.

CARLOS.—Adiós, doña Pepita.

> *(*DOÑA PEPITA *se va por la izquierda. Pausa.)*

IGNACIO.—Supongo que si quieres quedarte conmigo no será para hablar de la muchacha vidente.

CARLOS.—Supones bien.

IGNACIO.—Me has hablado varias veces y siempre del mismo tema. ¿También es hoy del mismo tema?

CARLOS.—También.

IGNACIO.—Paciencia. ¿Podrías decirme si tendremos que hablar muchas veces todavía de lo mismo?

CARLOS.—Creo que serán pocas... Quizá ésta sea la última.

IGNACIO.—Me alegro. Puedes empezar cuando quieras.

CARLOS.—Ignacio... El día en que viniste aquí quisiste marcharte al poco rato. *(Con amargura.)* Lo supe en la época en que Juana aún me hacía confidencias. Tuviste entonces una buena idea, y creo que es el momento de ponerla en práctica. ¡Márchate!

IGNACIO.—Parece una orden...

CARLOS.—Cuya conveniencia estoy dispuesto a explicarte.

IGNACIO.—Te envía don Pablo, ¿verdad?

CARLOS.—No. Pero debes irte.

IGNACIO.—¿Por qué?

CARLOS.—Debes irte porque tu influencia está pesando demasiado sobre esta casa. Y tu influencia es destructora. Si no te vas, esta casa se hundirá. ¡Pero antes de que eso ocurra tú te habrás ido!

IGNACIO.—Palabrería. No pienso marcharme, naturalmente. Ya sé que algunos lo deseáis. Empezando por don Pablo. Pero él no se atreve a decirme nada, porque no hay motivo para ello. ¿De verdad no me hablas... en su nombre?

CARLOS.—Es el interés del centro el que me mueve a hablarte.

IGNACIO.—Más palabrería. ¡Qué aficionado eres a los tópicos! Pues escúchame. Estoy seguro de que la mayoría de los compañeros desea mi permanencia. Por lo tanto, no me voy.

CARLOS.—¡Qué te importan a ti los compañeros!

(Breve pausa.)

IGNACIO.—El mayor obstáculo que hay entre tú y yo está en que no me comprendes. *(Ardientemente.)* ¡Los compañeros, y tú con ellos, me interesáis más de lo que crees! Me duele como una mutilación propia vuestra ceguera; ¡me duele, a mí, por todos vosotros! *(Con arrebato.)* ¡Escucha! ¿No te has dado cuenta al pasar por la terraza de que la noche estaba seca y fría? ¿No sabes lo que eso significa? No lo sabes, claro. Pues eso quiere decir que ahora están brillando las estrellas con todo su esplendor, y que los videntes gozan de la maravilla de su presencia. Esos mundos lejanísimos están ahí, *(Se ha acercado al ventanal y toca los cristales.)* tras los cristales, al alcance de nuestra vista..., ¡si la tuviéramos! *(Breve pausa.)* A ti eso no te importa, desdichado. Pues yo las añoro, quisiera contemplarlas; siento gravitar su dulce luz sobre mi rostro, ¡y me parece que casi las veo! *(Vuelto extáticamente hacia el ventanal.* CARLOS *se vuelve un poco, sugestionado a su pesar.)* Bien sé que si gozara de la vista moriría de pesar por no poder alcanzarlas. ¡Pero al menos las vería! Y ninguno de nosotros las ve, Carlos. ¿Y crees malas estas preocupaciones? Tú sabes que no pueden serlo. ¡Es imposible que tú —por poco que sea— no las sientas también!

CARLOS.—*(Tenaz.)* ¡No! Yo no las siento.

IGNACIO.—No las sientes, ¿eh? Y ésa es tu desgracia: no sentir la esperanza que yo os he traído.

CARLOS.—¿Qué esperanza?

IGNACIO.—La esperanza de la luz.

CARLOS.—¿De la luz?

IGNACIO.—¡De la luz, sí! Porque nos dicen incurables; pero ¿qué sabemos nosotros de eso? Nadie sabe lo que el mundo puede reservarnos; desde el descubrimiento científico... hasta el milagro.

CARLOS.—*(Despectivo.)* ¡Ah, bah!

IGNACIO.—Ya, ya sé que tú lo rechazas. ¡Rechazas la fe que te traigo!

CARLOS.—¡Basta! Luz, visión... Palabras vacías. ¡Nosotros estamos ciegos! ¿Entiendes?

IGNACIO.—Menos mal que lo reconoces... Creí que sólo éramos... invidentes.

CARLOS.—¡Ciegos, sí! Sea.

IGNACIO.—¿Ciegos de qué?

CARLOS.—*(Vacilante.)* ¿De qué?...

IGNACIO.—¡De la luz! De algo que anhelas comprender... aunque lo niegues. *(Transición.)* Escucha: yo sé muchas cosas. Yo sé que los videntes tratan a veces de imaginarse nuestra desgracia, y para ello cierran los ojos. *(La luz del escenario empieza a bajar.)* Entonces se estremecen de horror. Alguno de ellos enloqueció, creyéndose ciego..., porque no abrieron a tiempo la ventana de su cuarto. *(El escenario está oscuro. Sólo las estrellas brillan en la ventana.)* ¡Pues en ese horror y en esa locura estamos sumidos nosotros!... ¡Sin saber lo que es! *(Las estrellas comienzan a apagarse.)* Y por eso es para mí doblemente espantoso. *(Oscuridad absoluta en el escenario y en el teatro.)* Nuestras voces se cruzan... en la tiniebla.

CARLOS.—*(Con ligera aprensión en la voz.)* ¡Ignacio!

IGNACIO.—Sí. Es una palabra terrible por lo misteriosa. Empiezas..., empiezas a comprender. *(Breve pausa.)* Yo he sentido cómo los videntes se alegran cuando vuelve la luz por la mañana. *(Las estrellas comienzan a lucir de nuevo, al tiempo que empieza a iluminarse otra vez el escenario.)* Van identificando los objetos, gozándose en sus formas y sus... colores. ¡Se saturan de la alegría de la luz, que es para ellos como un verdadero don de Dios! [26]. Un

---

[26] En *Las Meninas* dice Velázquez a Pedro: «He llegado a sospechar que la forma misma de Dios, si alguna tiene, sería la luz... Ella me cura

don tan grande, que se ingeniaron para producirlo de noche. Pero para nosotros todo es igual. La luz puede volver; puede ir sacando de la oscuridad las formas y los colores; puede dar a las cosas su plenitud de existencia. *(La luz del escenario y de las estrellas ha vuelto del todo.)* ¡Incluso a las lejanas estrellas! ¡Es igual! Nada vemos.

CARLOS.—*(Sacudiendo con brusquedad la involuntaria influencia sufrida a causa de las palabras de* IGNACIO.*)* ¡Cállate! Te comprendo, sí; te comprendo, pero no te puedo disculpar. *(Con el acento del que percibe una revelación súbita.)* Eres... ¡un mesiánico desequilibrado! Yo te explicaré lo que te pasa: tienes el instinto de la muerte. Dices que quieres ver... ¡Lo que quieres es morir!

IGNACIO.—Quizá... Quizá. Puede que la muerte sea la única forma de conseguir la definitiva visión... [27].

CARLOS.—O la oscuridad definitiva. Pero es igual. Morir es lo que buscas, y no lo sabes. Morir y hacer morir a los demás. Por eso debes marcharte. ¡Yo defiendo la vida! ¡La vida de todos nosotros, que tú amenazas! Porque quiero vivirla a fondo, cumplirla; aunque no sea pacífica ni feliz. Aunque sea dura y amarga. ¡Pero la vida sabe a algo, nos pide algo, nos reclama! *(Pausa breve.)* Todos luchábamos por la vida aquí... hasta que tú viniste. ¡Márchate!

_____

de todas las insanias del mundo. De pronto, veo... y me invade la paz.» Como Buero apuntó en «¿*Las Meninas* es una obra necesaria?» (*La Carreta,* núm. 2, enero de 1962, pág. 5), Velázquez se interroga ante el misterio de la luz como Ignacio lo hace con el de la ceguera en *En la ardiente oscuridad.*

[27] Ricardo Doménech (*El teatro de Buero Vallejo,* Madrid, Gredos, 1973, págs. 59-60) piensa que «esta desesperación de Ignacio hunde sus raíces en las vetas más profundas de la cultura española» y menciona a fray Luis de León *(Oda a Felipe Ruiz),* la locura de Don Quijote y el sentimiento trágico de la vida unamuniano.

IGNACIO.—Buen abogado de la vida eres. No me sorprende. La vida te rebosa. Hablas así y quieres que me vaya por una razón bien vital: ¡Juana!

> *(Por la izquierda aparece* DOÑA PEPITA, *que los observa.)*

CARLOS.—*(Levanta los puños amenazantes.)* ¡Ignacio!

DOÑA PEPITA.—*(Rápida.)* ¿Todavía aquí? Se ve que la charla es interesante. *(CARLOS baja los brazos.)* Parece como si estuviera usted representado, querido Carlos.

CARLOS.—*(Reportándose.)* Casi, casi, doña Pepita.

DOÑA PEPITA.—*(Cruzando.)* Váyanse a acostar y será mejor. Don Pablo y yo vendremos ahora a trabajar un rato. Buenas noches.

CARLOS e IGNACIO.—Buenas noches.

> *(*DOÑA PEPITA *se vuelve y los mira con gesto dubitativo desde el chaflán. Después se va.)*

CARLOS.—*(Sereno.)* Has pronunciado el nombre de Juana. Juana no tiene ninguna relación con esto. Prescindamos de ella.

IGNACIO.—¡Cómo! ¡Me la citas dos veces y dices ahora que es asunto aparte! No te creía tan hipócrita. Juana es la razón de tu furia, amigo mío...

CARLOS.—No estoy furioso.

IGNACIO.—Pues de tu disgusto. El recuerdo de Juana es el culpable de ese hermoso canto a la vida que me has brindado.

CARLOS.—¡Te repito que dejemos a Juana! Antes de que... la envenenaras, ya te había hablado yo por primera vez.

IGNACIO.—Mientes. Ya entonces no era totalmente

tuya, y tú lo presentías. Pues bien: ¡quiero a Juana! Es cierto. Tampoco yo estoy desprovisto de razones vitales. ¡Y por ella no me voy! Como por ella quieres tú que me marche. *(Pausa breve.)* Te daré una alegría momentánea: Juana no es aún totalmente mía.

CARLOS.—*(Tranquilo.)* En el fondo de todos los tipos como tú hay siempre lo mismo: baja y cochina lascivia. Esa es la razón de tu misticismo. No volveré a hablarte de esto. Te marcharás de aquí sea como sea.

IGNACIO.—*(Riendo.)* Carlitos, no podrás hacer nada contra mí. No me iré de ningún modo. Y aunque algunas veces pensé en el suicidio, ahora ya no pienso hacerlo.

CARLOS.—Esperas, sin duda, a que te dé el ejemplo alguno de los muchachos que has sabido conducir al desaliento.

IGNACIO.—*(Cansado.)* No discutamos más. Y dispensa mis ironías. No me agradan, pero tú me provocas demasiado. Lo siento. Y ahora, sí me marcho, pero va a ser al campo de deportes. La noche está muy agradable y quiero cansarme un poco para dormir. *(Serio.)* Las maravillosas estrellas verterán su luz para mí, aunque no las vea. *(Se dirige al chaflán.)* ¿No quieres acompañarme?

CARLOS.—No.

IGNACIO.—Adiós.

CARLOS.—Adiós. *(*IGNACIO *sale.* CARLOS *se deja caer en una de las sillas del ajedrez y tantea abstraído las piezas. Habla solo, con rabia contenida.)* ¡No, no quiero acompañarte! Nunca te acompañaré a tu infierno. ¡Que lo hagan otros!

> *(Momentos después entran por el chaflán* DON PABLO *y* DOÑA PEPITA. *Ésta trae su cartera de cuero.)*

DOÑA PEPITA.—¿Aún aquí?

CARLOS.—*(Levantando la cabeza.)* Sí, doña Pepita. No tengo sueño.

DON PABLO.—*(Que ha sido conducido por* DOÑA PEPITA *al sofá.)* Buenas noches, Carlos.

CARLOS.—Buenas noches, don Pablo.

DOÑA PEPITA.—*(Curiosa.)* ¿Se fue ya Ignacio a acostar?

CARLOS.—Sí... Creo que sí.

DON PABLO.—*(Grave.)* Me alegro de encontrarle aquí, Carlos. Quería precisamente hablar con usted de Ignacio. ¿Quieres darme un cigarrillo, Pepita? *(*DOÑA PEPITA *saca de su cartera un paquete de tabaco y extrae un cigarrillo.)* Sí, Carlos. Creo que esto no es ya una puerilidad. *(A* DOÑA PEPITA, *que le pone el cigarrillo en la boca y se lo enciende.)* Gracias. *(*DOÑA PEPITA *se sienta a la mesa, saca papeles de la cartera y comienza a anotarlos con la estilográfica.)* La situación a que ha llegado el centro es grave. ¿Usted cree posible que un solo hombre pueda desmoralizar a cien compañeros? Yo no me lo explico.

DOÑA PEPITA.—Hay un detalle que aún no sabes... Muchos estudiantes han empezado a descuidar su indumentaria.

DON PABLO.—¿Sí?

DOÑA PEPITA.—No envían sus trajes a planchar... o prescinden de la corbata, como Ignacio.

> *(Pausa breve.* CARLOS *palpa involuntariamente la suya.)*

DON PABLO.—Supongo que no dejará de hablar en todo el día. Y aun así, tiene que faltarle tiempo. ¿Usted qué opina, Carlos? *(Pausa.)* ¿Eh?

> *(*DOÑA PEPITA *mira a* CARLOS.)*

CARLOS.—Perdone. ¿Decía...?

DON PABLO.—Que cómo es posible que Ignacio se baste y se sobre para desalentar a tantos invidentes remotos. ¿Qué saben ellos de la luz?

CARLOS.—*(Grave.)* Acaso porque la ignoran les preocupe.

DON PABLO.—*(Sonriente.)* Eso es muy sutil, hijo mío [28].

(Se levanta.)

CARLOS.—Pero es real. Mis desgraciados compañeros sufren la fascinación de todo lo misterioso. ¡Es una pena! Por lo demás, Ignacio no está solo. Él ha lanzado una semilla que ha dado retoños y ahora tiene muchos auxiliares inconscientes. *(Breve pausa. Triste.)* Y los primeros, las muchachas.

DOÑA PEPITA.—*(Suave.)* Yo creo que esos retoños carecen de importancia. Si Ignacio, por ejemplo, se marchase, se les iría con él la fuerza moral para continuar su labor negativa.

DON PABLO.—Si Ignacio se marchase todo se arreglaría. Podríamos echarlo, pero eso sería terrible para el prestigio del centro. ¿No podría usted, por lo pronto, insinuarle a título particular —¡y con mucha suavidad, desde luego!— la conveniencia de su marcha? *(Pausa.)* ¡Carlos!

CARLOS.—Perdón. Estaba distraído. No le he entendido bien...

DOÑA PEPITA.—Está usted muy raro esta noche. Don Pablo le decía que si no podría usted sugerirle a Ignacio que se marchase.

DON PABLO.—Salvo que tenga alguna idea mejor...

---

[28] La «sutil» apreciación de Carlos podía muy bien haberlo sido de Ignacio. La influencia de éste se deja notar cada vez más intensamente en aquél.

(Breve pausa.)

CARLOS.—He hablado ya con él.

DON PABLO.—¿Sí? ¿Y qué?

CARLOS.—Nada. Dice que no se irá.

DON PABLO.—Le hablaría cordialmente, con todo el tacto necesario...

CARLOS.—Del modo más adecuado. No se preocupe por eso.

DON PABLO.—¿Y por qué no quiere irse?

(Pausa. DOÑA PEPITA *mira curiosamente a* CARLOS.*)*

CARLOS.—No lo sé.

DON PABLO.—¡Pues de un modo u otro tendrá que irse!

CARLOS.—Sí. Tiene que irse.

DON PABLO.—*(Con aire preocupado.)* Tiene que irse. Es el enemigo más desconcertante que ha tenido nuestra obra hasta ahora. No podemos con él, no... Es refractario a todo. *(Impulsivo.)* Carlos, piense usted en algún remedio. Confío mucho en su talento [29].

DOÑA PEPITA.—Bueno. Ya lo estudiaremos despacio. Creo que deberían irse a descansar: es muy tarde.

DON PABLO.—Será lo mejor. Pero esta noche tampoco dormiré. ¿Vienes, Pepita?

DOÑA PEPITA.—Aún no. Voy a terminar estas notas.

DON PABLO.—Buenas noches entonces. No olvide nuestro asunto, Carlos.

---

[29] Estas palabras de don Pablo están cargadas de trágica ironía, pero también de ambigüedad respecto a la intención del director al pronunciarlas.

(CARLOS *no contesta.*)

DOÑA PEPITA.—Adiós. Que descanses. *(*DON PABLO *se va por la izquierda.* DOÑA PEPITA *se levanta y se acerca a* CARLOS. *Afectuosa, como siempre que se dirige a él.)* ¿Usted no se acuesta hoy?

CARLOS.—*(Sobresaltado.)* ¿Eh?

DOÑA PEPITA.—Pero ¿qué le ocurre, hombre?

CARLOS.—*(Tratando de sonreír.)* Nada.

DOÑA PEPITA.—Váyase a la cama. Le hace falta.

CARLOS.—Sí. Me duele la cabeza. Pero no tengo sueño.

DOÑA PEPITA.—Como quiera, hijo. *(Enciende el portátil. Después va al chaflán y apaga la luz central. Vuelve a sentarse y empieza a murmurar repasando sus notas. Escribe. De pronto para la pluma y mira a* CARLOS, *que se está levantando.)* ¿Le dijo a Ignacio que se marchara cuando los vi antes aquí? *(*CARLOS *no contesta. Su expresión es extrañamente rígida. Lentamente, avanza hacia el chaflán.* DOÑA PEPITA, *sorprendida!)* ¿Se va usted?

CARLOS.—*(Reportándose.)* Voy a tomar un poco el aire para despejarme. Que usted descanse. Buenas noches.

(Sale por el chaflán.)

DOÑA PEPITA.—Buenas noches. Yo me voy ahora también. *(Le ve salir, con gesto conmiserativo. Después prosigue su trabajo. A poco se despereza. Mira el reloj de pulsera).* Las doce. *(Se levanta y enciende la radio. Manipula. Comienza a oírse suavemente un fragmento de «La muerte de Ase» del* Peer Gynt, *de Grieg* [30]. DOÑA PEPITA

---

[30]   Beth W. Noble («Sound in the plays of Buero Vallejo», en *Hispania,* XLI [1958], pág. 56) destaca el valor de esta melodía para expresar con intensidad el acusado patetismo de la situación y advierte un sutil e irónico paralelo entre Peer y Carlos.

escucha unos momentos. Dirige una mirada de desgana a las cuartillas. Lentamente llega al ventanal y contempla la noche, con la frente en los cristales. De repente se estremece. Algo que ve la intriga.) ¿Eh? *(Sigue mirando, haciéndose pantalla con las manos. Con tono de extraordinaria sorpresa:)* ¿Qué hacen?

> *(Crispa las manos sobre el alféizar. Súbitamente retrocede como si la hubiesen dado un golpe en el pecho, mientras lanza un grito ahogado. Con la faz contraída por el horror, se vuelve. Se lleva las manos a la boca. Jadea. Al fin corre rápida al chaflán y sale. Por unos momentos se oye la melodía en la escena sola. Después, gritos lejanos, llamadas. Pausa. Por la puerta de la izquierda entran rápidamente* MIGUELÍN y ANDRÉS.*)*

ANDRÉS.—¿Qué pasa?

MIGUEL.—*(Sin dejar de andar.)* No sé. Del campo piden socorro y dicen que vayamos tres o cuatro. Avisa en el dormitorio de la derecha.

> *(Salen por el chaflán. Pausa.* ESPERANZA *aparece por la izquierda, temblorosa, tanteando el aire. Poco después entra por el chaflán* LOLITA, *también muy afectada. Ambas, en bata y pijama.)*

ESPERANZA.—¿Quién..., quién es?

LOLITA.—*(Acercándose.)* ¡Esperanza!

> *(Se abrazan, en un rapto de miedo.)*

ESPERANZA.—¿Has oído?

LOLITA.—Sí.

ESPERANZA.—¿Qué ocurre?

LOLITA.—¡No lo sé!...

(Se separa para escuchar.)

ESPERANZA.—¡No me dejes! Tengo miedo.

LOLITA.—*(Abrazándose a ella de nuevo.)* No se oye nada... Es horrible.

ESPERANZA.—*(Cayendo de rodillas.)* ¡Dios mío, piedad!

LOLITA.—¡No me asustes! ¡Levanta!

(Le ayuda a hacerlo.)

ESPERANZA.—Tengo la sensación de algo irreparable...

LOLITA.—¡Calla!

ESPERANZA.—Como si hubiésemos estado cometiendo un gran error. Me siento vacía... Y sola...

LOLITA.—¡Oigo pasos! *(Se enfrenta con el chaflán.)* ¡Vámonos!

ESPERANZA.—*(Reteniéndola por una mano.)* ¡No me dejes, Lolita! Estoy llena de pena.. Duerme esta noche conmigo.

LOLITA.—¡Se acercan!

ESPERANZA.—¡Ven a mi alcoba! Es terrible esta soledad.

LOLITA.—Vamos, sí... Tengo frío...

(Se apresuran a salir por la izquierda, muy inquietas. Pausa. Se oyen murmullos después, y entran por el chaflán DOÑA PEPITA, *que en-*

ciende en seguida la luz central, y tras ella,
ALBERTO *y* ANDRÉS, *que traen el cadáver de*
IGNACIO, *cuya cabeza cuelga y se bambolea.*
Tras ellos, MIGUELÍN, PEDRO *y* CARLOS. *Vie-*
nen agitados, pálidos de emoción.)

DOÑA PEPITA.—Colóquenlo aquí, en el sofá. ¡Aprisa!
Miguelín, apague esa radio, por favor. *(*MIGUELÍN *lo hace*
y queda junto al aparato. DOÑA PEPITA *toca en el brazo*
de ANDRÉS.*)* Andrés, avise en seguida a don Pablo, se lo
ruego.

ANDRÉS.—Ahora mismo.

(Se va por la izquierda.)

DOÑA PEPITA.—*(Arrodillada, coge la muñeca de* IG-
NACIO *y le pone el oído junto al corazón.)* ¡Está muerto!

(Con los ojos desorbitados, mira a CARLOS,
que permanece impasible. Entra precipitada-
mente por la izquierda DON PABLO. *Viene a*
medio vestir y sin gafas. Detrás de él entra de
nuevo ANDRÉS.*)*

DON PABLO.—¿Qué pasa? ¿Qué le ha ocurrido a Ignacio? ¿Estás aquí, Pepita?

DOÑA PEPITA.—Ignacio se ha matado. Está aquí, sobre el sofá.

DON PABLO.—¿Se ha matado?... ¡No comprendo!
(Avanza hacia el sofá. Se inclina. Palpa.) ¿Cómo ha ocurrido? ¿Dónde?

DOÑA PEPITA.—En el campo de deportes. Yo realmente no sé... Llegué después.

DON PABLO.—¿No sabe nadie cómo ha sido? ¿Quién
lo encontró primero?

CARLOS.—Yo.

(DOÑA PEPITA *no le pierde de vista.*)

DON PABLO.—¡Ah! Cuéntenos, cuéntenos, Carlos.

CARLOS.—Poco puedo decir. Había salido para tomar el aire porque me dolía la cabeza. Me pareció oír ruidos hacia el tobogán… Me fui acercando. Al tiempo de llegar sentí un golpe sordo, muy fuerte. Y el movimiento del aire. Comprendí en seguida que debía tratarse de alguna desgracia. Llegué y palpé. Me pareció que era Ignacio. Se había caído desde la torreta y a su lado había una de las esterillas que se usan para el descenso. Entonces pedí socorro. Doña Pepita llegó en seguida y gritamos más… Después lo hemos traído aquí.

(*Entretanto,* DOÑA PEPITA *ha cubierto al muerto con el tapete de una de las mesitas.*)

DON PABLO.—¿Cómo es posible? ¡Ahora lo entiendo menos! No comprendo qué tenía que hacer Ignacio subido a estas horas en la torreta del tobogán…

ANDRÉS.—Acaso se trate de un suicidio, don Pablo.

ALBERTO.—¿Y para qué quería la esterilla, entonces? Ignacio se ha matado cuando intentaba deslizarse por el tobogán. Eso está muy claro. Ya sabemos que era muy torpe para todo.

DON PABLO.—Pero él no era hombre para esas cosas.. ¿Qué le importaba el juego del tobogán? Por su misma torpeza no quiso nunca entrenarse con ustedes en ningún deporte.

MIGUEL.—Permita, don Pablo, que el alumno más joven dé quizá con la razón que ustedes no encuentran. (*Expectación.*) Yo conocía muy bien a Ignacio. (*Dolorosa-*

mente.) Precisamente porque le torturaban tanto sus miserias, acaso tratase de superarlas en secreto, simulando indiferencia por los juegos frente a nosotros. Creo que esta noche y muchas otras, seguramente, en que tardaba en llegar a nuestro cuarto, trataba de adquirir destreza sin necesidad de pasar por el ridículo. Ya saben que era muy susceptible...

DON PABLO.—*(A moro muerto, gran lanzada.)* En vez de aprender cuando se le indicaba, nos busca ahora esta complicación por su mala cabeza. Espero que esto sirva de lección a todos... *(Breve pausa, durante la que los estudiantes desvían la cabeza, avergonzados.)* Sí. Seguramente eso es lo que pasó. ¿No te parece, Pepita?

DOÑA PEPITA.—*(Sin dejar de mirar a* CARLOS.*)* Es muy posible...

DON PABLO.—¿Qué opina usted, Carlos?

CARLOS.—Me parece que Miguelín ha dado en el clavo.

DON PABLO.—Menos mal. La hipótesis del suicidio era muy desagradable. No hubiera compaginado bien con la moral de nuestro centro.

DOÑA PEPITA.—¿Quieres que vaya a telefonear?

DON PABLO.—Es más indicado que vaya yo. Al padre también tendré que avisarle... ¡Pobre hombre! Recuerdo que me habló con miedo de los accidentes... ¡Pero un accidente puede ocurrirle a cualquiera, y nosotros podemos demostrar que el tobogán y los otros juegos responden a una adecuada pedagogía! ¿Verdad, Pepita?

DOÑA PEPITA.—Sí, anda. No te preocupes por eso. Yo me quedaré aquí.

DON PABLO.—El muy... ¡torpe!, trataba de... ¡Claro!

(Se va por el chaflán. Entra por la izquierda, aún vestida, ELISA. *Se detiene cerca de la puerta.)*

ELISA.—¿Qué ha pasado? Dicen por ahí que Ignacio...
MIGUEL.—Ignacio se ha matado. Aquí está su cadáver.
ELISA.—*(Con sorpresa y sin emoción.)* ¡Oh!

> *(Instintivamente se acerca a* MIGUELÍN *hasta tocarle. Desliza sus manos por la cintura de él, en un expresivo gesto de reapropiación.* MIGUELÍN *le rodea fuertemente el talle. Poco a poco,* ELISA *reclina la cabeza sobre el hombro de* MIGUELÍN.*)*

DOÑA PEPITA.—Creo que deben marcharse todos de aquí. Muchas gracias por su ayuda y procuren no comentar demasiado con los compañeros. Buenas noches. *(Despide con palmaditas en el hombro a* PEDRO *y a* ALBERTO *por el chaflán.)* Recomienden que no venga nadie a esta habitación.

> *(*ANDRÉS *se va también por la izquierda. Tras él,* MIGUELÍN *y* ELISA, *enlazados. Él va serio y tranquilo. Ella no puede evitar una sonrisa feliz.)*

ELISA.—Casi es mejor para él... No estaba hecho para la vida. ¿No te parece, Miguelín?
MIGUEL.—*(Cariñoso.)* Sí. Ha sido lo mejor que le podía ocurrir. Era muy torpe para todo.

> *(Se oyen por la izquierda las llamadas de* JUANA, *que aparece en seguida, con bata, cruzando ante ellos.* MIGUELÍN, *contristado, intenta detenerla, mas* ELISA *lo retiene de nuevo, suave, y lo conduce a la puerta, por donde salen.)*

JUANA.—¡Carlos! ¡Carlos! ¿Estás aquí?

CARLOS.—Aquí estoy, Juana.

(Ella le encuentra en el primer término y se arroja en sus brazos sollozando.)

JUANA.—¡Carlos! *(CARLOS la acoge con una desencantada sonrisa. DOÑA PEPITA los mira dolorosamente.)* ¡Pobre Ignacio!

CARLOS.—Ya descansa.

JUANA.—Sí. Ahora es más feliz. *(Llora.)* ¡Perdóname! Sé que te he hecho sufrir...

CARLOS.—No tengo nada que perdonarte, querida mía.

JUANA.—¡Sí, sí! Tengo que confesarte muchas cosas... Me pesan horriblemente... Pero mi intención era buena, ¡te lo juro! ¡Yo nunca he dejado de quererte, Carlos!

CARLOS.—Lo sé, Juana, lo sé.

JUANA.—¿Me perdonarás? ¡Te lo confesaré todo! ¡Todo!

CARLOS.—No es preciso, ya que nada grave puede ser. Te lo perdono todo sin saberlo.

JUANA.—¡Carlos! *(Le besa impulsivamente.)*

DOÑA PEPITA.—*(Sombría.)* Será mejor que vuelva a su cuarto, señorita.

CARLOS.—Tiene usted razón. Vamos, Juanita. Debemos marcharnos.

(Enlazados; él, melancólico, y ella, vibrando, se dirigen a la izquierda.)

DOÑA PEPITA.—*(Con trabajo.)* Usted quédese, Carlos. Quiero hablarle.

CARLOS.—*(Inclina la cabeza.)* Está bien. Adiós, Juana.

JUANA.—Hasta mañana, Carlos. ¡Y gracias!

> *(Separan lentamente sus manos.* JUANA *se va.* CARLOS *queda en pie, aguardando.* DOÑA PEPITA *le mira angustiada. Una larga pausa.)*

DOÑA PEPITA.—Ha sido lamentable, ¿verdad?
CARLOS.—Sí.

> *(Pausa.)*

DOÑA PEPITA.—*(Se acerca, mirándole fijamente.)* Sería inútil negar que el centro se ha librado de su mayor pesadilla... Que todos vamos a descansar y a revivir... La solución que antes reclamaba don Pablo... se ha dado ya. *(Con acento de reproche.)* ¡Pero nadie esperaba... tanto!
CARLOS.—*(Terminante.)* Sea como sea, el peligro se cortó a tiempo.
DOÑA PEPITA.—*(Amarga.)* ¿Usted cree?
CARLOS.—*(Despectivo.)* ¿No se dio cuenta? Muerto Ignacio, sus mejores amigos le abandonan; murmuran sobre su cadáver. ¡Ah, los ciegos, los ciegos! ¡Se creen con derecho a compadecerle; ellos, que son pequeños y vulgares! Miguelín y Elisa se reconcilian. Los demás respiran como si les hubiesen librado de un gran peso. ¡Vuelve la alegría a la casa! ¡Todo se arregla!
DOÑA PEPITA.—Me apena oírle...
CARLOS.—*(Violento.)* ¿Por qué?

> *(Breve pausa.)*

DOÑA PEPITA.—*(En un arranque.)* ¡Qué ha hecho usted!
CARLOS.—*(Irguiéndose.)* No comprendo qué quiere decir.

DOÑA PEPITA.—A veces, Carlos, creemos hacer un bien y cometemos un grave error...

CARLOS.—No sé a qué se refiere.

DOÑA PEPITA.—Tampoco acertamos a comprender, a veces, que no se nos habla para inquietarnos, sino para consolarnos... Se nos acercan personas que nos quieren y sufren al vernos sufrir, y no queremos entenderlo... Las rechazamos cuando más desesperadamente necesitamos descansar en un pecho amigo...

CARLOS.—*(Frío.)* Muchas gracias por su afecto..., que es innecesario ahora.

DOÑA PEPITA.—*(Cogiéndole las manos.)* ¡Hijo!

CARLOS.—*(Desasiéndose.)* No soy tonto, doña Pepita. Comprendo de sobra lo que insinúa. Ignacio y yo, a la misma hora, en el campo de deportes... Esa suposición es falsa.

DOÑA PEPITA.—¡Claro que sí! ¡Falsa! No he dicho yo otra cosa. *(Lenta.)* Ni pienso decir otra cosa.

CARLOS.—No puedo agradecérselo. Nada hice.

DOÑA PEPITA.—*(Con una fugaz mirada al muerto.)* Y el pobre Ignacio ya nada podrá decir... Pero cálmese, Carlos... Suponiendo que fuese cierto... *(Movimiento de él.)* ¡Ya, ya sé que no lo es! Pero en el caso de que lo fuese, nada podría arreglarse ya hablando..., y el centro está por encima de todo.

CARLOS.—Opino lo mismo.

DOÑA PEPITA.—Y todos nuestros actos deben tender a beneficiarle, ¿no es así?

CARLOS.—*(Irónico.)* Así es. Sé lo que piensa; no se canse.

DOÑA PEPITA.—O a beneficiarnos personalmente.

CARLOS.—¿Qué?

DOÑA PEPITA.—El centro puede tener enemigos..., y las personas, rivales de amor. *(Pausa. CARLOS se vuelve y avanza cansadamente hacia la derecha. Tropieza en una silla del juego de ajedrez y se deja caer en ella.)* ¿No quiere confiarse a mí?

CARLOS.—*(Tenaz.)* ¡Le repito que es falso lo que piensa!

DOÑA PEPITA.—*(Que se acerca por detrás y apoya sus manos en los hombros de él.)* Bien... Me he engañado. No ha habido ningún crimen; ni siquiera un crimen pasional. Usted no quiere provocar la piedad de nadie. ¿Ni de Juana?

CARLOS.—*(Feroz.)* Juana deberá aprender a evitar ese peligroso sentimiento.

> *(Pausa. Su mano juguetea con las piezas del tablero.)*

DOÑA PEPITA.—Carlos...

CARLOS.—Qué.

DOÑA PEPITA.—Le haría tanto bien abandonarse...

CARLOS.—*(Levantándose de golpe.)* ¡Basta! ¡No se obstine en conseguir una confesión imposible! ¿Qué pretende? ¿Acreditar su sagacidad? ¿Representar conmigo el papel de madre a falta de hijos propios?

DOÑA PEPITA.—*(Lívida.)* Es usted cruel... No lo seré yo tanto. Porque hace media hora yo trabajaba aquí, y pudo ocurrírseme levantarme para mirar por el ventanal. No lo hice. Acaso, de hacerlo, habría visto a alguien que subía las escaleras del tobogán cargado con el cuerpo de Ignacio... ¡Ignacio desvanecido, o quizá ya muerto! *(Pausa.)* Luego, desde arriba, se precipita el cuerpo..., sin tener la precaución de pensar en los ojos de los demás. Siempre olvidamos la vista ajena. Sólo Ignacio pensaba en ella. *(Pausa.)* Pero yo no vi nada, porque no me levanté.

> *(Aguarda, espiando su rostro.)*

CARLOS.—¡No, no vio nada! Y aunque se hubiese levantado y hubiese creído ver... *(Con infinito desprecio.)* ¿Qué es la vista? ¡No existe aquí la vista! ¿Cómo se atreve a invocar el testimonio de sus ojos? ¡Sus ojos! ¡Bah!

DOÑA PEPITA.—*(Llorosa.)* Hijo mío, no es bueno ser tan duro.

CARLOS.—¡Déjeme! ¡Y no intente vencerme con sus repugnantes argucias femeninas!

DOÑA PEPITA.—Olvida que soy casi una vieja...

CARLOS.—¡Usted es quien parece haberlo olvidado!

DOÑA PEPITA.—¿Qué dice? *(Llorando.)* ¡Loco, está usted loco!...

CARLOS.—*(Desesperado.)* ¡Sí! ¡Márchese!

(Pausa.)

DOÑA PEPITA.—*(Turbada.)* Sí, me voy... Parece que don Pablo tarda demasiado... *(Inicia la marcha y se detiene.)* Y usted no quiere amistad, ni paz... No quiere paz ahora. Porque cree haber vencido, y eso le basta. Pero usted no ha vencido, Carlos; acuérdese de lo que le digo... Usted no ha vencido [31].

> *(Engloba en una triste mirada al asesino y a su víctima,* [32] *y sale por el chaflán.* CARLOS *se derrumba sobre la silla. Su cabeza pierde la rigidez anterior y se dobla sobre el pecho. Su respiración es a cada momento más agitada: al fin no puede más y se despechuga, des-*

---

[31] Con estas frases se adelanta desde otra perspectiva algo que el espectador podrá confirmar en el breve monólogo final de Carlos.

[32] Lo que doña Pepita sugería momentos antes acerca de la actuación de Carlos se manifiesta al lector de modo terminante con dos palabras *(asesino, víctima)* de la acotación.

*pojándose, con un gesto que es mitad de aho-
go y mitad de indiferencia, de la corbata. Después vuelve la cabeza hacia el fondo, como
si atendiese a alguna inaudible llamada. Luego se levanta, vacilante. Al hacerlo, derriba
involuntariamente con la manga las fichas del
tablero, que ponen con su discordante ruido
una nota agria y brutal en el momento. Se detiene un segundo, asustado por el percance,
y palpa con tristeza las fichas. Después avanza hacia el cadáver. Ya a su lado, en la supre-
ma amargura de su soledad irremediable, cae
de rodillas y descubre con un gesto brusco la
pálida faz del muerto, que toca con la deses-
peranza de quien toca a un dormido que ya
no podrá despertar. Luego se levanta, como
atraído por una fuerza extraña, y se acerca
tanteando al ventanal. Allí queda inmóvil,
frente a la luz de las estrellas. Una voz grave,
que pronto se encandece y vibra de pasión in-
finita —la suya—, comienza a oírse.)*

CARLOS.—...Y ahora están brillando las estrellas con
todo su esplendor, y los videntes gozan de su presencia
maravillosa. Esos mundos lejanísimos están ahí, tras los
cristales... *(Sus manos, como las alas de un pájaro heri-
do, tiemblan y repiquetean contra la cárcel misteriosa del
cristal.)* ¡Al alcance de nuestra vista!..., si la tuviéramos...

TELÓN LENTO